何も知らない愛人

キャシー・ウィリアムズ 作
仁嶋いずる 訳

ハーレクイン・ロマンス
東京・ロンドン・トロント・パリ・ニューヨーク・アムステルダム
ハンブルク・ストックホルム・ミラノ・シドニー・マドリッド・ワルシャワ
ブダペスト・リオデジャネイロ・ルクセンブルク・フリブール・ムンバイ

THE SECRET CASELLA BABY

by Cathy Williams

Published by Harlequin Japan, a Division of K.K. HarperCollins Japan, 2025

キャシー・ウィリアムズ

トリニダード・トバゴの出身で、トリニダード島とトバゴ島、2つの島で育つ。奨学金を得てイギリスに渡り、1975年にエクスター大学に入学して語学と文学を学んだ。大学で夫のリチャードと出会い、結婚後はイングランドに暮らす。現在は中部のウォリックシャー在住。夫との間に3人の娘がいる。

主要登場人物

ホリー・ジョージ……………動物の保護施設の運営者。
アンディ…………………………ホリーのアシスタント。
ルイス・カセラ…………………会社経営者。
マリオ・カセラ…………………ルイスの父親。故人。
フローラ・カセラ………………ルイスの母親。
クラリッサ・ジェイムズ………ルイスの元恋人。

1

ルイス・カセラは、最高級のシルバーのスポーツカーのアクセルを踏み込んだ。それに応えて車は低いうなりをあげ、細い田舎道を飛ぶようにひた走った。どうかしている。こんなところにいるのはまちがいだ。真冬のヨークシャーの荒野に車を走らせて、立ちはだかる大自然の力に自分の力で対抗しようとするなんて。道路の片側には雪におおわれた大地がうねって広がり、その先の地平線は早くも闇にのまれようとしていた。もう一方の側には崖がそびえ立ち、うっかり近づきすぎたら冷たい岩が容赦なく車を押しつぶしてしまうだろう。

そんなことは承知のうえだった。ルイスにはまた、こうするしかないのもよくわかっていた。頭がどうにかなりそうなほどの悲しみを体から追い出すには、あの冷たいほど整ったロンドンのペントハウスから遠く離れて、命の危険さえ顧みないようなことをするしかなかったのだ。

父を亡くして一年近くになる。六十代に入ったばかりの大柄で冒険好きな父、マリオ・カセラは、活力に満ちていた。父はいつもルイスに身を固めろとせっつき、ブラジルからロンドンまで出かけていって説得するぞと脅した。そんな父がある日突然、操縦をマスターすると固く決意した軽飛行機の残骸の中で、ほとんど身元もわからない遺体となって見つかったのだ。

泣きじゃくる母から電話を受けたルイスは、すぐになつかしの故郷ブラジルに戻り、試練に立ち向かった。長男のルイスは一族の長となった。葬儀の手配から、父の死で危機に直面した会社の舵《かじ》取りまで、あらゆることをこなした。さらに、遠くから自分自身の会社の面倒も見た。

母、そして三人の姉妹、さまざまな親戚、さらに仕事上のパートナーたち、そのすべてが頼りにする岩のような存在、それがルイスだった。彼は心の弱さに負けることなく、自分がするべきことをする冷徹なまでの決意を貫いた。父の会社の経営に必要な人材を任命し、一度でも失敗すれば彼に釈明する義務を負うと言い渡した。家族の住む屋敷を売却する手配もした。母が、父のいない家で暮らす現実を受け入れられなかったからだ。ルイスは、姉妹の一人が暮らす界隈《かいわい》に、贅沢《ぜいたく》さでは劣らないがもっとこぢんまりした新居を見つけた。思い出の多い遺品の一部はしまい込み、母がそれを見ても冷静でいられるまで保管しておくことにした。ルイスはこれらのことを涙一つ見せずにやり通した。

数カ月後にロンドンに戻ったのは、自分自身の帝国の統治を再開するためだった。彼は、普通の男なら倒れてしまいそうなペースで仕事に戻った。そして個人資産を十倍にする企業買収の計画に着手した。

最近ダーラムにある経営難の電子機器会社を買い取った際、父の死後、胸に燃えさかっていた野性のエネルギーを発散できるチャンスがめぐってきた。ルイスはこの機会を逃さず、空港に自分の車を用意させ、ロンドンまでの帰路の数時間を、激務のスケジュールからの休息にあてたのだった。

細い田舎道に入るつもりなどなかったが、人けのない凍りついた小道の挑発には抵抗できなかった。そしてGPSのナビゲーション機能を切ったために、今こんなところにいるというわけだった。

薄れゆく明かりの中で、きらめく雪片が透明の粉のように降ってきたのが見え、彼はフロントガラスのワイパーを動かした。電話もラジオも切っていたので、耳につくのはパワフルな車の低いうなりをも圧するような、冬の陰鬱な深い静寂だけだった。

父は死ぬ前に痛みを感じただろうか？ 飛行機は、残酷に翼をもぎとられた鳥のようにいきなり墜落したのだから、その死は一瞬だったはずだ。父は何を考えたのだろう？

後悔はなかったはずだ。父は、頭のよい男が無尽蔵のエネルギーと想像力で何が達成できるかを示す、格好のお手本のような存在だった。貧しい環境から身を起こし、上を目指して働き続け、やがて金が目的ではないというはるかな高みにまでのぼりつめた。結婚相手は幼なじみで、常に彼のそばに寄り添い、二人は四人の子どもをもうけた。そう、そんな人生に後悔のあったはずがない。

そう思うと心が安まる気がしたが、どんなに気持ちを強くしても、答えのない問いを持つ苦しみは癒えず、本心から尊敬していたたった一人の人を亡くした喪失感も消えなかった。


ハンドルを握るルイスの手に力がこもった。胸の奥で焼けつくような痛みがはじけた。歯を食いしばり、アクセルを踏み込んだ瞬間、崖の岩が一気に迫ってくるのが視界に入った。

ルイスはすぐさま反応し、ハンドルを切ったが、車体が岩をこすり、石の力に負けて金属のあげる甲高い音が耳に響いた。次の瞬間、車はコントロールを失って田舎道から飛び出し、すっかり闇に沈んだ荒野へ飛び込んだ。

衝撃で頭が一瞬ぼうっとなったが、エアバッグが作動したおかげで思ったよりもショックはやわらいだ。ルイスは荒い息づかいで座席から体を引き出し、車からも出て、できるだけ離れようとした。ガソリンが満タンだったために、爆発する危険があったからだ。車のそばにいたら巻き添えをくってしまう。

だが歩こうとしてもなかなか脚が動かない。手で触ってみると、深い傷が走っている。荒野のど真ん中でコートもなく、見渡すかぎり明かり一つ見えない。さらに悪いことに、雪がいっそう激しさを増してきた。粉雪は重い雪に変わり、髪に、役立たずのビジネス用のズボンに、そしてブランドもののセーターに降りかかった。ズボンは丁寧に仕立てられたものだが、雪の中で着るものではない。三十分もたたないうちにセーターは濡《ぬ》れそぼった。周囲には見渡すかぎり荒野が広がるばかりだった。

ルイスは歯を食いしばって道路へと戻り始めた。所持品をとってこなければならない。携帯電話がある。このあたりまで電波が届くとは思えないが、そのうち通話が可能になるかもしれない。

まあ、こんなものだ。貴族的な険しい顔に暗いほほえみが浮かんだ。心を引き裂く深い傷を何カ月も隠してきたことを思えば、体の痛みはむしろ気持ちがいいくらいだった……。

ルイスは知るよしもなかったが、そこから三キロと離れない場所で、ホリー・ジョージがいつものように大事な動物たちの保護施設を見まわっていた。彼女は遠くで車のぶつかる音を聞きつけてすぐに足を止め、頭を傾けて耳を澄ました。

この野趣に富んだすばらしい土地で生まれ育ったホリーは、この地のことを知り尽くしていた。空気が変わりやすいことも、思いがけず美しい場所が隠れていることも、大地が発する音も。あたりが底なしの静寂におおわれる、二月の最中にはとりわけ。

新入りのろばのバスターの背後で門を閉めると、彼女は急ぎ足で石造りのコテージに入り、ウールの帽子を脱いだ。その拍子にバニラ色のカールした長い髪が肩に落ち、背中に広がった。

誰かが道路から落ちたんだわ。まちがいない。つかの間彼女は、保護施設のパートナーであるアンディに電話しようかと思ったが、結局やめた。アンディは、お気に入りのシェフが町で開く料理教室に参加するために、今朝早く出発してしまった。彼はこの三週間その料理教室を楽しみにしていたし、捜索と救出のために引っぱり出して、せっかくの時間を台なしにしたくない。

ベン・ファースが喜んで部下をかき集め、消防車を出してくれるだろう。地元の医師エイブも救急車で駆けつけるはずだ。でもどこに向かえばいいの？このあたりで大きな音がしても、こだまのせいで正確な場所まではよくわからない。でもホリーは自分の手のひらのようにこの土地のことを知っている。どこで事故があったか正確に突き止め、二十五キロも離れたベンたちよりは先に駆けつけることができる。エイブだってベンより近くにいるわけではない。

ホリー・ジョージはまだ二十六歳だが、常識もあり現実もよく踏まえていて、ヨークシャーの片田舎に毎年訪れる厳しい冬には慣れていた。常識があって現実的なのは女らしくないのだろうかと、ホリーはときどき思った。デートに誘いに家まで来てくれる男性がいないのはそのせいかもしれない。でも大事な動物の保護施設を離れて大都市へ移ることを考えると、気分が悪くなってしまう。クラブやバーのある、夜でも明るい都会こそあなたに必要なもの、と友人は言うけれど。

父が農場主だったので、ホリーはいつも動物に囲まれていた。体内時計は朝早く起きるようにセットされ、春の訪れは羊の出産を意味した。十八歳になったばかりの年に父を亡くし、ホリーはしぶしぶ農場を売却した。広大な耕作地を管理するなど、たとえ誰かに手伝ってもらっても論外だとわかっていたからだ。そのかわり、農場を売ったお金を動物の保護施設につぎ込み、今は自分の時間のほとんどをそのために費やしている。請求書の支払いを終えたあと、少しばかり財産が残ったのだ。暖房システムは機嫌が悪いし、配管も少しおかしいとはいえ、彼女にはコテージがあるし、借金はまったくない。だから即決でこの保護施設を買ったのだ。

友人たちが楽しく暮らし、彼女を田舎から引っぱり出そうとするいっぽうで、ホリーの疑問は時として簡素な生活に小さな影を落とした。真剣につき合った恋人はこれまで一人だけだった。ジェイムズは研修中の獣医で、助け出した動物の世話についてもっと知識を得るためにホリーが楽しんで参加した研修会の一つで出会った。彼は研修の一環として講義を受け持っていて、見るからに緊張している様子を見て、ホリーはすぐに好感をいだいた。二人は話をするようになり、一年半後に別れたあとも、いい友人としてつき合ってきた。

ジェイムズほど波長の合う人がいないことを考えると、貴重なチャンスを逃してしまったように思えることもあった。でも南のほうに異動になった彼は遠距離の関係に耐えられなかった。時は止められないのだから、もっと粘ってみるべきだったのかもしれない……。

玄関の前で立ち止まり、古ぼけた車のキーに手を伸ばした拍子に、ホリーは、フックについている真鍮《しんちゅう》の鏡に映った自分の姿に気づいた。

この顔にも体にもきらびやかな都会は似合わない、と彼女は思った。ぴったりした服が着こなせるような曲線は持ち合わせていないし、化粧もあまりうまくない。こちらを見返している明るい青い目は、マスカラやアイライナーとはほとんど無縁だ。その顔はあまりにやさしく女らしすぎて、セクシーとは言い難かった。

それ以上体の欠点に頭を悩ませるのはやめて、彼女は鏡に背を向けた。

外では雪が勢いを増していた。もう迷っている場合ではない。彼女の車は頑丈そのもので、エンジンをかけるといつものように頼もしくうなりをあげた。

道路はいくつかあったが、ホリーは正確に事故が起こりそうな道を選び出した。いちばん危険な道だった。この四年間、いきなり道が左に分かれるカーブで事故が三回起きている。今回の事故がそのカーブではなかったとしても、彼女なら簡単にもう一つの道を見つけ出せる。

雪をついて車を走らせていると、正面の視界が晴れた瞬間、事故車が見えた。思わず古い車のスピードをあげて、急角度で道路端に突っ込んでいる事故車へと急ぐ。現場にはすでに雪が積もり、遠目からでもめちゃくちゃに壊れているのがよくわかった。

ヘッドライトの明かりに目をこらし、様子を見極めようとしていたせいで、道端に立って止まれと合図している人物にぶつかりそうになった。

男が一人きりで立っている。この天候に耐えられるような服装ではなかった。道路の端に車を寄せながら、ホリーはそれだけのことを見てとった。

「ほかに誰かいますか？」ホリーは心配そうにたずね、男のウエストに腕をまわした。寄り添いながら、彼女は筋肉の硬さと自分よりずっと長身の体の重みを意識した。

「ぼくだけだ」歩き始めると同時に足に痛みが走り、ルイスは歯を食いしばって苦痛の声をこらえた。二人は互いに体を支え合いながら前世紀の遺物のような車へと歩いていった。

「あなたの車は……」

「めちゃくちゃだ」

「誰かにとりに来てもらうようにするわ」

「いいんだ。あんなもの、どうでもいい」

車みたいに高価なものをどうでもいいと思える人がいるかしら、とホリーは思った。男から手を離して助手席のドアを開けると、男が彼女の体をかすめ、顔をしかめて座り込むのがわかった。

ホリーの頭の中にいくつもの疑問が渦巻いた。病院に行くいちばんの近道は？　この男は立つこともできるけれど、ひどい怪我《けが》をしているのだろうか？　家族に連絡をとるかどうかたずねたほうがいいのでは？　脳震盪《しんとう》を起こしていないか、ひととおりチェックしたほうがいいかしら？

そんな疑問を口に出そうとして目を上げたとき、視線を引き離したくないと思ってしまうほどのハンサムな顔立ちを見て、ホリーはその場に釘《くぎ》づけになった。男の目は深みのある黒で、短い黒髪と険しい顔には雪が光っている。その顔は息をのむほどすばらしく、男らしさがにじみ出ている。つややかな金色の肌を見ると、エキゾチックな外国人だとわかる。ホリーはいつになく胸の鼓動が速まり、頬に赤みが差すのがわかった。

「だいじょうぶ？」それは、いつもの落ち着いた静かな口調からはほど遠い、張りつめた声だった。

「脚の傷が口を開けているのをのぞけばだいじょうぶだ」

これを聞いてホリーは麻痺《まひ》状態から覚め、血のにじむズボンを見て恐怖に息をのんだ。

「病院に行かないと」彼女はエンジンをかけた。雪はどんどん激しさを増し、タイヤが舗装道路の路面をつかむまで少しかかった。

「病院まではどれぐらい？」

「かなり遠いわ」ホリーは男の顔を見たい誘惑と闘った。「このあたりの人じゃないわね？」

「そんなにわかりやすかったかな」ルイスは窓に頭をもたせかけ、彼女の横顔を見た。車の衝突で死んで天国に行ったような気がした。こんなにも天使みたいな女性をこれまで一度も見たことがなかったからだ。肌はサテンのようになめらかで、大きな目は矢車草のように青い。長い金髪は乱れ方さえ自然で、肩と背中にふんわりとかかっている。その髪は、ロンドンのいたるところで見かける無表情なストレートとは正反対だ。脚の痛みは規則的なうずきに変わり、ズボンの下で脈打っている。

「服装がまちがっているわ。こんな雪の日に、上に何もはおらないで出かける人はいないでしょう。ほら、あなたを病院に連れていくのもむずかしくなりそう。でも病院に電話して、レスキューヘリをよこしてもらえるかどうかきいてみるわ」

ルイスはこんな事態を引き起こした自分の軽率さを思って顔を赤らめた。「自分でなんとかできる。レスキューヘリを呼ぶ必要はないよ」

「冗談でしょう」

彼女が笑うと頬にえくぼができた。こんなえくぼを見るのは初めてだとルイスは思った。

「自己紹介もしていなかったわね」ホリーは恥ずかしげに言った。「わたしはホリー・ジョージ」

「ホリー・ジョージ、こんな雪の中で何をしていたんだ？　どこへ行ったのか、ご両親が心配しているだろう？」

「わたしは一人暮らしよ。家はここからそう遠くないところにあるわ。あなたの車がぶつかる音がしたから、車に飛び乗ってここまで来たの。ベンとエイブに知らせようと思ったけれど、二人ともここまではかなりかかるのよ。それが人里離れた場所で暮らすことの問題点ね。真冬に外で事故に巻き込まれたら、自力で数時間持ちこたえるしかないのよ」

「ベンとエイブというのは？」

「ああ、ベンは消防署の署長で、老エイブは地元の医師よ」

「狭い世界なんだな」

「あなたはこんなところで何をしていたの？」

「とりついた悪魔を追い払おうとしていた」

謎めいたこの言葉を聞いてホリーは彼のほうを見たが、彼の目は隠れていた。単刀直入に質問してもくわしく答えるタイプではないと、ホリーは直感的に思った。どうしてそう思ったのだろう？　この直感はどこから来ているのだろう？

「あそこに明かりが見えるでしょう？」広い道路からはずれたホリーは、コテージの近くまで戻ってきた安心感にひたった。「あれがわたしのコテージよ。わたしは……動物保護の仕事をしているの」

「なんの仕事だって？」

「動物保護よ。あそこに建物が見えるわね。あの建物には屋根があって暖房も入っているの。あそこで五十四ほどの動物を保護しているのよ。犬や猫たち、馬が二頭に、ろばが一頭……。去年はラマのつがいもいたけれど、さいわい子ども向けの農場に引き取られたわ」

「猫に……馬に……ろばか……」ルイスは別世界に足を踏み入れたようだった。ここは彼の理解をはるかに超えている。まるで異星人と話をしているみたいだ。

「あなたのほうは？」ホリーがきいた。「仕事のことだけれど」

「仕事……」車は、こうこうと明かりが輝く小さな石造りのコテージの前で止まった。ホリーがこちらを向いたとき、ほほえみの浮かぶ率直なハート形の顔を見て、ルイスは一瞬息が止まりそうになった。

そして、さっきまで気づかなかった細かいところに目がいった。これまで見たこともないほど目が青いのはわかっていたが、まつげは意外に黒く、唇は豊かで形が美しい。軽くハンドルを握る指は細くなめらかで、指輪はない。彼女はアクセサリーを何もつけていなかった。服装は地味で実用的でファッショナブルとは言い難い――ジーンズ、セーター、その上にはおった着古したオリーブグリーンの防水ジャケット、ウェリントンブーツ、クリスマスの模様がついたウールの帽子。こんなにも自然体の女性に会ったのは本当にひさしぶりだ。

「で、あなたの名前は？　ちょっと待って、そっちにまわって車から降りるのを手伝うわ。それから怪我の具合を見て、どうするか決めましょう。応急手当ての道具ならたくさんあるし、軽い怪我ならわたしが手当てできると思うわ」

ホリーは、どこまでも男らしい体がこちらに寄りかかるのを感じたとたん、バイオリンの弦のように緊張した。彼ができるだけ体重をかけまいとしているのはわかったが、その体はずっしりと彼女の肩にのしかかった。雪をついてゆっくりと玄関へと向かいながら、緊張したときの癖で、ホリーは話し続けた。キッチンに入ると、彼はキッチンテーブルのパイン材の椅子に腰を下ろした。

それはまさにルイスの好みとは正反対の部屋だった。どこもかしこもカントリー調で、彼に言わせれば貴重なスペースを無駄にするだけでなんの役にも立たない大きなレンジがある。床のタイルは古く、パイン材のテーブルの下に敷かれた、すり切れたラグも同じく古い。一方の壁の前に置かれたドレッサーの中には、ちぐはぐな食器と小さな写真立て、そしてインテリアデザイナーが見たらいらいらしそうな古い小物類がところ狭しと並べられていた。

それでも……。

ルイスは、ホリーが忙しく歩きまわって戸棚から応急手当てのキットを取り出すのを眺めた。脚の怪我の具合を見るときも、彼女はこちらをまっすぐに見ようとはしなかった。

「ズボンを脱ぐのを手伝ってもらわないといけないな」彼がそう言うと、ホリーはすぐさまその言葉を払いのけるように手を振った。

ズボンを脱がせる？　ホリーはそんなことをしたら血圧がもたないと思った。彼の存在は小さなキッチンを占領するかのようだ。どんなに目をそらそうとしても、大きくてたくましい体や罪深いほどハンサムな顔に視線を引き寄せられてしまう。

「切り裂いたほうがいいわ」

ホリーは彼の前にひざまずいた。その瞬間ルイスは下半身に血が集まるのを感じ、その強烈さと唐突さに思わず息を吸い込んだ。彼女の何がそうさせたのだろう？　とがったところも、骨ばった肘も、細い腕も棒のような脚もない。すべてがやわらかくて丸く、色あせたジーンズとセーターの上からも、熟した果物のように魅惑的な胸の丸みがわかる。

ホリーは高価な生地をだめにすることをあやまりながら、ゆっくりとズボンを切り始めた。ふいに、目の前の彼女が裸で自分を差し出している様子がルイスの頭に浮かんだ。身じろぎすると、ホリーはすぐに目を上げた。

「痛かったかしら？」

今この瞬間、彼のどこが痛んでいるかを教えたら、ホリーはどんな顔をするだろう？

「あなたは勇気があるのね。痛かったら教えてちょうだい。痛みはしかたがないけれど、でも……」

ホリーは急いで席をはずすと、水と錠剤を持って戻ってきた。

「痛み止めよ。かなり強いわ。これをのめばだいじょうぶ」

紅潮した顔を黒っぽい目でじっと見つめられ、ホリーは肌が燃えるような気がした。道理に合わないのはわかっていたが、彼に見られるとなぜか愛撫《あいぶ》されているように感じてしまう。

「まだ名前を聞いていなかったわね……」

ホリーはたくましい脚がゆっくりと現れるのを無視し、ズボンを切った。黒っぽい毛が生えているのが攻撃的なほど男らしく、ホリーはあわてて意味のないおしゃべりを始めた。

「ああ、そうだった。ルイス。ルイス……ゴメスだよ」ルイスは、ブラジルの実家で庭の手入れをしていた庭師の責任者が名字を拝借したことを怒らなければいいがと思った。だがそれがいいアイデアに思えたのだ。こうしてホリーに目の前にひざまずかれ、なじんだ環境から遠く離れていると、別の誰かになれるような気がする。数時間でもかまわない。彼はもう悩みを抱えた仕事中毒《ワーカホリック》でもなければ、小休止など許されない一大帝国の支配者でもない。人生の容赦ない現実から少し逃げ出すのが悪いわけがない。

「ルイス……出身は？」

「住んでいるのはロンドンだが、生まれはブラジルだ」ルイスはホリーの明るい表情を見てほほえんだ。

そして、いつか行ってみたい場所について語る彼女の話を聞きながら、体の力を抜いた。器用な指先でてきぱきと作業を進めながら、ホリーは説明した。

病院に行ったほうがいいこと、抗生物質が必要だが、それほどひどい怪我ではないこと、傷口をきれいに洗い流そうと思っていること……。

ルイスが、ガールスカウトだったのかとたずねるとホリーは笑った。彼はその笑い声を楽しんだ。そしてもっと聞きたいと思った。

「わたしが傷口を縫い合わせてもいいんだけれど、それはあなたが信用してくれればの話よ。もし信用できないなら、病院に連れていくまで包帯を巻いておくわ」

ルイスは、これまでの人生で彼の傷口を縫合しようとした女性などほとんどいないことを、つぶやくように言った。

「どこか泊まれる場所はないだろうか？」庭の奥に居心地のいい宿でも探すかのように、ルイスはあたりを見まわした。彼の心はすでに先へと進んでいた。休息という名の強壮剤こそ彼が必要とするものだ。ここなら誰にも見つからないし、そばにいる女性は下心がなく、彼のことは怪我をした見知らぬ男としか思っていない。裕福で強い影響力を持つルイス・カセラにも静かで平和なひとときがあっていい。女に媚《こ》びられてばかりの男は心の奥に押し込め、銀行預金の額が男の魅力に直結しない目新しい環境をゆっくり味わえばいい。

　それにもちろん、ここには……。

　ルイスはホリーの豊かな体の線や、目を向けるたびにピンクに染まる、愛くるしいほどかわいい顔を見て目を楽しませた。

　ホリーはまた頬を赤らめて笑い、自分の仕事に満足して立ちあがった。彼女は怪我の手当てに慣れている。ルイスの体にはきっと何箇所もあざができているだろう。ホリーは彼の自制心に感心せずにいられなかった。夢のようなハンサムというだけでなく、愚痴を言わない人だ。

「いちばん近い朝食つきのホテル《B&B》でも三十五キロ以上離れているわ。事故を起こすのに悪い場所を選んだわね」ホリーは残念そうに言った。「これから食事を作って、部屋の用意をするわ。よかったらここに泊まって。せめて病院に行くまでの一泊ぐらい」

「病院に行く必要はないよ」ルイスは、最高の場所で事故を起こしたと思った。ホリーの何がそうさせるのかわからなかったが、これまでにないほど穏やかな気持ちだった。

「仕事のことをまだ聞いていなかったわね。事故のことを知らせる相手はいる？　奥さんとか……」

　ルイスは誘導尋問なら聞いた瞬間にそれとわかるので、ゆっくりとほほえんだ。「妻はいない。恋人も。連絡をとる相手はいないよ」彼は食事を用意するホリーを見守った。クリーム色とダークグリーンの戸棚は手塗りだ。レンジの上のタイルは、子どもが描いた動物の絵が模様になっている。キッチンの中は暖かく、ホリーはセーターを脱いで長袖のTシャツ一枚になった。体の曲線にからみつく生地は、彼の予想どおり、大きな胸をあらわにしている。ホリーはおしゃべりを続けていたが、彼はその内容を百パーセント注意して聞いているわけではなかった。

自分が適当に相槌《あいづち》を打っているのはわかっていた。卵とベーコン、そして彼がこれまで食べた中で一番のパンなどが並んだ料理が整い、ホリーはようやくテーブルについた。そこで彼は的を射た質問をした。

動物の保護活動のこと、資金調達のこと、経営方法のこと、動物がどこから来るのか、どれぐらいの割合で引き取られていくのか。

ホリーは率直で表情豊かだった。動物のことを語るときは身ぶりをまじえて熱心に話した。どの動物にも名前があり、経営のために資金を集めていることと。ルイスから見ると、なんの利益にもならないことに骨を折っているように思えたが、ホリーの熱心さを見るのは楽しかった。そして、命を救ってくれたお礼として、まとまった金額を寄付したい思いに駆られたが、ただの移動中のセールスマンではないことを打ち明けるのはやめた。

「ここにはひと晩だけではすまないようだ」立ちあがって皿を片づけていたホリーは、心配そうに肩越しに振り返った。

「上司のほうはだいじょうぶ？　最近は景気が悪いから……。休みをとったせいでくびにならないといいんだけれど」彼は〝ここ〟と言ったけれど、〝この家〟という意味なのか、それとも回復するまでこのあたりで宿泊するという意味なのだろうか？　彼が家の中にいるのを想像すると、ホリーの体にうしろめたい興奮の波が走った。彼はなんでも喜んで聞いてくれるし、彼の答えは参考になる。

「その点は心配ないと思う」ルイスはつぶやくように言った。つかの間、真実をゆがめていることに罪悪感を感じたが、それは長く続かなかった。もしホリーが彼の影響力や権力や財産のことを知ったら萎縮するだろう、とルイスは自分に言い聞かせた。

「ここに滞在する話だけれど、具体的にはどう考えているの？」

「もちろん、支払いはする。こんなに居心地のいい宿はないし、それに対してきみはそれなりのものを受け取るべきだ。金額を言ってくれてもいい」

「あなたからお金をとろうなんて夢にも思わないわ！」ルイスにお金目当てだと思われたのに驚いて、ホリーは言った。

「だとしても、動物たちが請求書の支払いをしてくれるわけじゃないだろう？」

ルイスはこれまで経験したことのない今の状況が、どんどん楽しくなった。彼から金をとろうとしない女性など一人も思いつかない。実際彼は女性に贅沢なものをプレゼントすることに慣れていた。ダイヤ、真珠、旅行……。彼の個人資産の額を知ったら、ホリーは迷わずその寛大さを利用するだろう。彼女が罪悪感を持ったのは、くびになるかもしれないセールスマンから金をとるのに遠慮を感じたからだ。

「コンピュータのことなら知識がある」こう言いながら、ルイスは笑いそうになるのをこらえた。なぜなら彼はＩＴ企業をいくつか所有しているし、社員の誰よりもコンピュータについてはくわしいからだ。

「ウェブサイトがないなら、ぼくが作ってもいい」

ルイスは素朴な親切に対して支払いを申し出るような紳士なのに、そのうえ仕事を手伝おうとまでしてくれる！　彼は知識が豊富らしい。きっとコンピュータが専門なのだろう。

「大事なのは早くよくなることよ。お茶かコーヒーはどう？　そのあと寝室に案内するわ。朝になったらエイブに連絡しましょう。雪はこれ以上激しくならないみたいだし、エイブはジープを持っているからここまで来られるはずよ」

「きみはいつもそんなに楽観的なのか？」ルイスが

思わず声に出してそう言うと、ホリーは不思議と人を魅了する笑顔で応えた。

「わたしには感謝するものがたくさんあるわ。家、大好きな仕事、たくさんの友人……。両親はもういないの。母は子どものころに他界して、父も数年前に亡くなったわ。でも二人とも幸せだったって考えたいの」

「それできみは満足なんだね？」自分ではとても受け入れられないことを無邪気に笑顔で受け入れようとするホリーを見て、ルイスは皮肉っぽくほほえんだ。

「もちろんよ。あなたはとりついた悪魔を追い払うって言っていたけれど、あれはどういう意味？」

ほかの誰かが同じ質問をしたら、ルイスはひとにらみで黙らせただろう。だが同情心あふれる青い目を見ていると、胸の痛みがほぐれていく気がした。

ルイスは語った。少しの間だけ感情をあらわにして。楽なことではなかった。権力の座にある者が誰かに秘密をもらすのは歓迎されないからだ。それは弱さの表れであり、コンクリートジャングルの王にとって弱さは許されない。

だがホリーはとても聞き上手だった。ルイスは脚のことも大破した車のことも忘れた。そして一時間がたったころ、ある決意をした。

ホリー・ジョージを恋人にする、と。

2

ホリーは、石敷きの中庭《パティオ》にある鋳鉄の小さなテーブルとそろいの椅子を見やった。パティオからはコテージの裏が広々と見渡せる。ホリーは不安と興奮で胸がかすかに締めつけられるのを感じた。すべては準備万端だ。ワインクーラーで冷えているワインのボトルは、アルコールにうるさいルイスがいつも切らさないように置いてある中から出したものだ。生野菜のサラダ、そして自家製のチーズビスケット。もう六時半に近いのに、夏の夕方はまだまだ暑かった。

そろそろルイスがタクシーでやってくる時間だ。一年半もたつのに、ホリーはまだ彼を見るたびにどうしようもない興奮を感じてしまう。

でも今週末は事情がちがう。ホリーはサマードレスを撫《な》でつけ、急いで家の中に入って窓のそばに行った。

めまいに襲われたホリーは、暑さのせいだろうかと思った。最近よくめまいがする。この夏はいつになく暑い。保護している動物たちもぐったりしている。鶏は日陰に逃げ込んでいるし、犬たちは走りまわることより気持ちのいい木陰の隅で寝転ぶことのほうに興味があるようだ。

ホリー自身ぐったりしていた。この三週間、朝ベッドから出るのもひと苦労だった。いつもなら早起きなのに、起きて動き出すだけでとてつもない努力が必要だった。

ヨークシャーは焼けつくような夏の暑さをしのげるようにはできていない、とホリーはルイスに話した。明るい色彩があふれる涼しい春、小豆色のひんやりした秋、そして息をのむような冬に合わせた暮らし方だ。ルイスは笑って答えた。コテージにエアコンを入れれば暑さも不快ではなくなる、と。

ホリーは現実的なルイスをからかい、もっとロマンティックな考え方をしなくてはだめだと言った。それでも二人はうまく溶け合っていた。初めて彼を見て、こんなにすばらしい男性とは会ったことがないと思ったとき、その彼が自分の世界を満たしてくれるようになるとはホリーは想像もしていなかった。

二人が会うのは週末だけだ。ホリーは動物を置いていけないし、ルイスも仕事を離れられなかった。きっと国じゅうをまわってコンピュータなどを売っているのだろうとホリーは思った。けれどいっしょにいる時間は密度が濃く、エネルギーに満ちあふれていて、彼はこれまでの人生で最高の贈り物かもしれないという思いを打ち消すことはできなかった。

ルイスは彼女の恋人であり、魂の伴侶でもあった。彼にならなんでも打ち明けられる。地元のゴシップみたいな小さなことから、前年の雪嵐のせいで動物のすみかの屋根がなくなってしまい、それを修繕するのに必要な経費を銀行が貸し渋ったという重大な話題まで。ルイスがその問題を解決し、銀行の頭取と話をつけてくれたおかげで、保護施設全体を想像以上によい状態にすることができた。

それ以外にも、ルイスは帳簿のすべてに目を通し、農場を購入した当時から使われないままになっていた銀行口座に、ある程度の金額が残っているのを見つけてくれた。何年もの間に利子が積み重なったおかげで、ホリーは修繕の費用を負担せずにすんだ。ルイスは頼りになると彼女は思った。

ルイスのことを考えるたび、ホリーの手は、去年のクリスマスに彼がブラジルに帰国する前にくれた小さな赤いペンダントをいとおしげに撫でる。週末に会えないまま十日も過ごすのは地獄の苦しみだとルイスは言った。ホリーはこのプレゼントを見て目に涙を浮かべた。好きな宝石はルビーだと言ったのを覚えていてくれたからだ。しかしルイスは礼などいらないとばかりに手を振り、よくできたコピーだとそれとなく思わせた。

以来、彼は何度も同じようなすばらしい模造品をくれた。友人の友人が本物そっくりに作る見事な腕を持っているのだという。そのお返しに、ホリーはときどき訪れるクラフト展で買った小物をプレゼントした。着ているセーターが薄すぎるから、新しく編んであげた――ロンドンのセーターはロンドンの冬にしか役に立たない、とホリーは笑って言った。ルイスが好きだと言った本の初版本を古書店で見つけ、プレゼントしたこともある。

ルイスが贅沢《ぜいたく》すぎるのではないかと心配したことを思い出して、ホリーはほほえんだ。じつは彼がウエブサイトを立ちあげてから、保護施設の運営状態はかつてないほどよかった。気前のよい匿名の篤志家が二人現れ、その二人からの寄付金だけで施設を最高の状態に保てるほどだ。

考えごとにふけっていたホリーは、ドアノッカーの音を聞いてはっと我に返った。ドアを開けたときはすでに期待と興奮でいっぱいだった。

「大急ぎで駆けつけたんだ」ルイスはドアを蹴って閉めると彼女を抱きしめた。この暑さでは、ヘリコプターに乗り込む前に涼しい服に着替えたほうがよかったかもしれないが、いつものようにホリーに会いたい気持ちにせかされ、わざわざ自宅のアパートメントに戻って着替える気になれなかったのだ。

ヘリコプターが使えるのはありがたいとルイスはいつも思った。ホリーは彼が列車とタクシーで来ていると思っているようだが、そんなことをしたら、途中で頭がおかしくなってしまうだろう。ホリーのように長い間、彼の気持ちをつなぎ止めた女性は初めてだ。ルイスは彼女の髪に顔をうずめ、神々しいほどの女らしい香りを吸い込んだ。

「外にワインがあるの」ルイスがホリーを壁に押しつけ、ワンピースの小さな前ボタンをはずそうとすると、彼女の笑い声は欲望のため息に変わった。

「ワインはあとでいい」ルイスはうなるように言った。「タクシーに乗ってからは、このことしか考えられなかった。どうしてボタンが千個もある服なんか着るんだ？　ぼくの正気を失わせたいのか？」

「でもブラはつけていないわ」

「それなら、訪ねてきたのがぼくでよかった。これを見ていいのはぼくだけだから」彼はワンピースを破りたい衝動にかられたが、ホリーが出費がかさむと気にするのはわかっていた。ようやくウエストまでボタンがはずれたので、彼はワンピースを押し広げ、すばらしい胸を味わうように見た。

息を荒らげ、まぶたを半ば閉じて頭を上げると、ルイスは大きな手で胸の丸みを包み込み、ふくらんだ先端を親指で撫でた。玄関ホールで立ったまま奪うこともできたが、彼はホリーを抱きあげて居間へ入った。そこには彼が何度も説得してやっと受け取らせた贈り物の大きなソファがあった。二人が寝られるほどの大きさで、ルイスの言葉によれば、寝室まで我慢できなかったときに役に立つソファだ。彼はホリーをソファに降ろし、立ちあがってシャツを脱いだ。

ホリーは彼の目に浮かぶ欲望がうれしかった。あからさまな欲望に慣れていなかった彼女は、ルイスといると自分がセクシーで美しく、とても必要とされていると感じるのが楽しかった。ルイスは彼女に触れたとたんに燃えあがる。彼の目を見ればそれがわかった。ホリーは体を起こして彼のズボンのファスナーを下ろした。高まりは大きく、ボクサーショーツでは押さえきれないほどだ。それに手を触れると、ルイスが自分の手でその手を上から押さえて止めた。

「だめだ」彼の声は苦しげだった。「そんなことをされたら、初体験のティーンエイジャーみたいに興奮して反応してしまう！」

ホリーは笑ってその言葉を無視した。初めて愛し合ったとき、自分がうまくできているかどうか不安でならなかった。ルイスは経験豊富な男だ。頬から鎖骨にかけて指で撫でられた瞬間、それがわかった。

それはルイスがコテージに滞在してから三日目のことだった。彼に強い興味を寄せられて、ホリーは興奮した。ルイスの自信、落ち着き、機知、そして知性が彼女を驚かせた。ホリーはもう彼のものになるつもりでいた。そして、それまでの一瞬一瞬を楽しんだ。

〝教えてくれ。こうして、どこがいけない？〟ルイスのその言葉でホリーのためらいは消えた。羽根のように指でじらすように軽く触れられ、ホリーの体は燃えあがりそうだった。ゆっくりと時間をかけた愛撫《あいぶ》を受けて、彼女は情熱の波にのみ込まれた。もう理性の力で安全地帯まで戻ることはできなかった。普通の男性と普通のことをして普通の人生を送るという人生観は百八十度変わったが、ホリーはそれを一瞬たりとも後悔したことはなかった。

ホリーはもう最初のときのように彼に触れることに不安を感じなかった。彼はすばらしい気分にさせてくれて、彼にこの上なく必要とされていると思わせてくれる。脈打つ高まりに舌先でそっと触れると、ルイスはうめき声をあげ、身を震わせた。

「もう待てない……。服を脱いでくれ」彼はホリーが身をよじらせて邪魔なワンピースとレースの下着を脱ぐのを熱っぽい視線でじっと見守った。いったんコテージを去ってほんの数日で戻ってきた最初のときに、ルイスは彼女に新しい考え方を植えつけた。

それは、分別ある綿の下着ではなくレースの下着を身につけることだ。ホリーは形だけ抗議したが、すぐにやめた。ほんの小さなレースのおかげで自分がどれほどセクシーになるかわかったからだ。ときどきルイスは彼女を下着だけにしてレースの上から舌でじらし、彼女の体を燃えあがらせた。

しかし今夜はそんなことにはならない。ルイスが欲望を抑えきれないからだ。

バニラとキャラメルと金の色の髪を波打たせ、ベッドに横たわるホリーは神々しいほどセクシーだ。脚を開いているので彼を誘惑してやまない女性の部分があらわになっている。ホリーがその部分に軽く触れたのを見て、シャツを脱いでいたルイスの手が止まった。彼女は美しい目を半分閉じていたが、こちらを見て反応を楽しんでいるのはわかっていた。ルイスは最後の二つのボタンを引きちぎり、彼女の隣に寄り添った。

「触れるものがほしいなら……」ルイスはホリーの手を引き離し、自分の高まりへと導いた。「ぼくに触れればいい」ルイスは自分の指を彼女の濡《ぬ》れた部分にすべらせ、そのなめらかな感触を味わった。

「話をするはずだったのに」繰り返し脚の間に触れられて、強い快感の波がふくらんでいき、ホリーは途切れ途切れにささやいた。

「ぼくが玄関から入ってすぐ抱きしめなかったら、きみはショックを受けたと思うがね」ルイスの声には男としての満足感があふれていた。「ぼくには抵抗できないくせに」

「ルイス・ゴメス、あなたって本当にエゴのかたまりね！」

「きみの体がぼくに告げていることを教えてやっているだけだ。今のきみは熱く濡れていて、話をしたがっているようにはとても見えない……」その言葉を態度で示すように、ルイスはすっと彼女の上にまたがった。それに合わせてホリーは背中をそらして彼に胸を差し出し、目を閉じた。ルイスはゆっくりとその胸をくまなく探索し始めた。

ホリーの胸なら何時間でも触っていられると彼は思った。ルイスはこの胸のすべてが好きだった。今自分の下で身をよじっている女性ほど豊満ではない相手とこれまでなぜつき合えたのか、彼はその理由を考えるのをずっと前にあきらめていた。

ホリーの息は荒く、浅くなり、彼の舌や歯の動きに合わせて、ときおり喜びの小さなうめきがまじった。ホリーは軽く目を開けていとおしげに彼の黒い髪を見やった。高まりを押し当てられ、彼女は喜びの泡がふくらむのを感じた。ルイスが力ずくで入ってきたとき、ホリーは完全に理性を奪われた。二人の体が完璧なハーモニーを奏でる。すでに高まっていたホリーは、何度も愛されるうちに快感がつのっていくのを感じたが、二人がともに同じ高みに達するまで自分を抑えるすべを身につけていた。

その瞬間はすぐに訪れ、彼女はすべてを解き放った。うめき声は叫びに変わり、体と心がばらばらになって、もう考えることもできなかった。ホリーは身を震わせて彼の背中を指で撫で、筋肉と腱《けん》のたくましさを感じ取った。どんなに彼を愛しているか大声で言いたかったが、ホリーはその衝動を抑えた。

ずっと前、ルイスがつき合っていたある女性の話をしてくれたことがあった。彼はその女性に深く愛されていると信じ、結婚まで考えたが、結局遊ばれていただけだとわかった。ルイスはくわしいことは言わなかったし、彼女も無理にきかないほうがいいと思った。ルイスがその話をする間、ホリーは落ち着いた笑顔で彼を見守った。ホリー自身、かつて恋に落ちたと思ったことがあったが、最初の情熱が過ぎ去ってしまうと、それ以上つき合っていくだけのつながりが何もないことに気づいた。

今ならあのときに感じたものなどなんでもなかったとわかる。とはいえ、ルイスは愛していると言われたくないのではないかと、ホリーは直感で思った。こんなに長くつき合ったのだから、彼女と同じくルイスも予想はしているにちがいないのだけれど。

ルイスはソファの上で彼女の隣にあおむけになり、片手で顔をおおったが、すぐに横向きになってホリーを抱き寄せた。

「どんな魔法を使っているんだ？　コントロールできないほどぼくを燃えあがらせるなんて」ルイスはいたずらっぽく笑うと、指先で彼女の唇の輪郭をたどった。満たされたばかりだというのに、ホリーといるとすぐにまたほしくなってしまう。今までどんな女性にもそんなふうに感じたことはなかったが、それは下心のない相手がいなかったからだろう。ホリーはとにかく完璧だった。

「そんな女は初めてだなんて言わないで」ホリーも笑みを返した。彼女はかつてルイスが愛した女性のことを思い出した。最初に話を聞いたときは簡単に心の奥にしまい込めたが、二人の将来のことを話し合わなければいけない今、その謎の女性のことを話したい思いにかられた。「あの……ほら、七年前あなたが結婚まで考えたクラリッサという人のことだけれど」

ルイスは顔をしかめ、紅潮したホリーの顔をもの問いたげに見下ろした。どうしてクラリッサのことを打ち明けてしまったのか、ルイスにはわからなかった。だがこれまで彼はホリーにたくさんのことを打ち明けた。父の死に続く悲しみのせいで、凍った田舎道の危険を顧みなかったことを話したのがそもそもの始まりだ。そのために彼はこのコテージに、そのあと間もなくホリーのベッドに入ることになった。ホリーは彼の中で特別な位置を占めている。だからこそ、これまで誰にも言わなかったようなことも彼女には打ち明けてきたのだ。

しかし、ほほえみながらクラリッサのことをたずねるホリーを見て、ルイスのアンテナはかすかな危険信号をとらえた。それでも、きっと思い過ごしだと思った。彼は肩の力を抜いてホリーを引き寄せた。

「その話はやめよう」ルイスはホリーの首筋に顔をうずめ、その体が震えるのを感じ取った。「過去を掘り起こすのはまちがいだ。そんなことをしてなんの意味がある？」長くやさしく彼女にキスをすると、ルイスにいつものように興奮がよみがえった。「ぼくはきみの昔の恋人のことはきかない」

「きく必要がないからよ」彼の体を肌で感じ、高まりが腿の間に押しつけられるのを感じても、今度ばかりはホリーの思考が停止することはなかった。

「必要なことは全部話したもの」

「どうしてそんな話をするのか知りたい」

「好奇心よ。彼女のどんなところを好きになったの？」

ルイスは彼女から離れ、あおむけになって頭のうしろで手を組み、しばらく黙り込んだ。「うまくいかなかっただけで、よくある話さ」ふいに彼は言った。「シャワーを浴びてくる」ルイスはかすかに後悔の念を覚えながら起きあがった。このままソファに残り、もう一度ホリーの体に溺れてしまいたかったが、これ以上クラリッサ・ジェイムズのことを話したくはなかった。

ホリーにクラリッサのことを話したのは、なぜ独身なのか不思議に思った彼女を納得させるためだ。人は一度痛い目に遭うと慎重すぎるほど慎重になる。彼は細かい点は省いて説明した――クラリッサにもてあそばれたことをのぞいて。エレガントで望ましい女性たちとつき合ってきた彼にとって、クラリッサは新鮮だった。積極的で、すぐ熱くなるのに、手に入れるのがむずかしい相手だった。疑いが芽生え、もう別れようと思った矢先、クラリッサから妊娠したと告げられた。

彼女のバッグのポケットに避妊用ピルがこっそり隠してあったのを見つけたのは、幸運な偶然だった。一週間、毎日確認してみると、ピルは確実に毎日一つずつ減っていった。

こうしてだまされていたとわかったわけだが、そのあと家族からは財産を狙う女に気をつけろと説教され、姉妹からは、こんな過ちを繰り返さずにすむように相手を見つけてあげると言われた――友人や同僚たちも同じ反応だったのは言うまでもない。別れた理由は言わず、ただうまくいかなかったとだけ告げたのに、みんなはこの突然の破局に勝手に複雑な理由をつけた。

「どうして彼女の話をしたくないの？」ホリーは起きあがって脱ぎ捨てた下着を拾いあげた。つかの間、見知らぬ海の上に放り出されたような不思議な気がした。緊張感をはらむ雰囲気に、もう何も言わずに流れにまかせようと思ってしまう。でも何かが、この二カ月間、心の中にわだかまっている疑問をルイスにぶつけろと告げていた。二人はどこに向かおうとしているのだろう？　次のステップはどうなるの？

「話すことなんか何もない！」服を着たルイスが目をやると、ホリーももう服を着ていた。しかしその姿にはキスされたばかりの乱れた雰囲気があり、彼の体はまた反応してしまった。

「彼女を愛していたの？」

ルイスの動きが止まった。まるで殴られたような衝撃だ。ホリーは彼が富と権力を持つ男だとは知るよしもないと安心しきっていたのに、その安心感が崩れ始めた。

「当時はそう思っていた」ルイスはしぶしぶ言った。「勘違いだったんだ」

「でもそのせいであなたは傷ついた」

「当然だよ。苦しい経験をすれば普通はそうなる。ところで、これからずっとここに座ってどうでもいい話を続けるのか、外に用意してあると言ったワインを楽しむのか、どちらにするんだ？」

「ワインが温まってしまうわ」ふいにホリーは、ワインとサラダでは彼女が考えていた真剣な話し合いにはふさわしくないと思った。それにルイスはクラリッサのことを話したいと思っていない。彼はブラジルの家族のことはなんでも話してくれた。博識だからどんな話題でも受け止めてくれる――演劇、オペラ、芸術。そして何千ものやり方で笑わせてくれる。悩みを抱えていれば、それを解決する方法を教えてくれる。

ルイスは意外に体を使うのが好きで、動物の保護施設の汚れ仕事を手伝うのも躊躇《ちゅうちょ》しない。彼女のどんな話にも耳を傾けてくれる。彼女の子ども時代の話などは、いっしょに育った幼なじみよりおそらくくわしいだろう。

けれど、彼には踏み込めない暗い部分があった。ホリーはそこにぶつかってしまった。ルイスが背を向け、ぬるくなったワインのボトルとサラダが置いてある庭へと歩いていくのを見送りながら、ホリーはそう思った。

「きみの言うとおりだ。ぬるくなっていた」ルイスはそう言ってにやりとした。さっきまでの短くぎこちない会話を心の奥に押しやろうとしている。「ワインのことも、セロリとにんじんのスティックのことも忘れよう」

ホリーがしぶしぶほほえみを返すと、ルイスは彼女をさっと抱きしめて唇の隅にキスした。

「きみにあげるものがある。出かけるときにつけるといい」ルイスはポケットに手を入れて小さな箱を取り出した。大枚をはたいたブレスレットで、彼自身が選んだ。だがホリーには模造品だと言うつもりだった。そう言わなければホリーにものを差し出すことはできないからだが、ルイスは彼女に贈り物をするのが好きだった。それは、ホリーから一度も何かをねだられたことがないからかもしれない。ホリーは物欲の強い女性ではなかったが、彼の本当の資産を知らないのだからそれも当然かもしれない。

「すてき」ブレスレットにはめてある飾りは本物のダイヤといっても通るだろう。「ありがとう、ルイス。でもこんなことはしなくていいのよ」

「何かあげるたびにきみはそう言う」

「ええ、そうね。それでも、会うたびに贈り物を持ってこなくてもいいと言い続けるわ。いろいろと物いりでしょう、ロンドンに住んでいると……」ルイスは、それなりの場所にある小さな家に住んでいると言っていた。〝それなりの場所〟というのがどういうものなのか、どれぐらい狭いのかホリーにはわからなかったが、かなりの負担にはちがいない。ローンの返済額を想像するとぞっとしてしまう。

「お金の心配はぼくにまかせてくれ。それより、どこで食事がしたいか教えてくれないか」

「オーブンの中に何かあるわ」二人の関係について彼と話すことにどうしてこんなに臆病になるのか、ホリーはわからなかった。ただ怖かった。ルイスがこの件についてけっして話そうとしない姿勢が、なぜか彼女にも伝染してしまった。「ここで食べようと思っていたの……話しながら」

「話？」

ルイスは不安のうずきを感じた。クラリッサの話はもう棚上げにしたから、蒸し返したくない。ホリーのあとについてキッチンに入ると、テーブルが丁寧にセッティングされているのが見えた。いつもなら家での食事は簡単だ。平日の間もホリーとはよく話したが、それでも会うと話したいことや、したいことが積み重なっていた。食事は必要だが面倒でもあった。

「話って?」

ホリーは振り向いて落ち着いた目で彼を見た。外見こそ冷静だが、内心ではどうしようもなく緊張していた。それに腹立たしさも感じた。愛する男性と普通の会話をするのに、緊張しなくてはいけないという状況に対する怒りだった。

「わたしたちのことよ」ホリーは不自然な高い声で笑い、テーブルに向き直って冷蔵庫から出した冷たいワインを二つのグラスについだ。

「ぼくたちのことならいつも話してるじゃないか」

「いいえ、話していないわ。その週にあったことを話すことはあるけれど、自分たちについては話さないでしょう」ルイスの顔が暗く閉ざされるのを見て、ホリーは気持ちが沈むのを抑えようとした。脚に力が入らず、彼女はワインのグラスを持ったままキッチンの椅子に腰を下ろした。

「何を話すんだ?」ルイスはわざとわからないふりをした。二人の間のテーブルが深い溝のように感じられる。ルイスはホリーのやさしく従順な性格に慣れていた。彼女のすべてに甘い女らしさがあふれている。これまでほかの女性には打ち明けたことがないこともホリーに話せたのは、それが理由だ。しかし今は彼女が距離を置こうとしているのではないかという不安を抱いていた。

「あなたの住んでいるところを見たことがないわ」ホリーがせつなげに言った。

「一度も見たいと言わなかったじゃないか」そして彼から誘うこともなかった。誘えるわけがない。

「あなたはわたしのことをなんでも知っているのに、わたしはあなたのことをほとんど知らない」

「大事なことは全部知っている」

「でも仕事のことは何も話してくれないわ――将来

の希望や夢も」

「〝コンピュータ〟とひと言言っただけできみは顔を曇らせる。役に立つよりトラブルの元になるほうが多いと言うくらいだ。そんなものの話をするのは時間の無駄じゃないか？」

「コンピュータの話題のことを言っているんじゃないの。わたしが言いたいのは、たとえば同僚のことよ。どんな人たちなのか、おもしろいのか。同じ部署の女性たちはきっとあなたに夢中だわ……」ホリーは笑ったが、きっと事実にちがいないと思った。ルイスはカリスマ性があって息も止まるほどすてきだ。彼に夢中にならない女性などいない。

「お世辞を言ってほしいのか？」テーブルをはさんで話し合うのはよくないとルイスは思った。触れられるところにいたい。彼は立ちあがり、長い髪に指をすべらせられるよう、椅子をホリーのほうに寄せた。「ぼくの胸の中にいる女性はきみだけだ。職場の女性のことを話そうと思っても無理だ」

彼はよそ見をしたくなったことは一度もない。浮気などにはまったく興味がなかった。

「四六時中きみのことを考えている」ルイスはそっと彼女の手からグラスをとり、引き寄せてやさしくキスしようとした。あのいまいましいボタンをはずしてもホリーは抵抗しなかった。

考えるとは、どういう意味でだろうとホリーは思った。セックスを楽しむ相手として？　それとも永遠に人生を分かち合う相手として？　もし人生を分かち合う相手だと考えているなら、将来の話を一度も持ち出さないのはなぜだろう？

「その点で不安になる必要はない」ルイスはかすれた声で言った。どんどん欲望が高まっていく。こんなにもあからさまに反応してしまうのに、ホリーはよくも彼がほかの女性に目を向けていると疑えるものだ。ルイスは彼女を椅子に押しつけ、ワンピースの上を脱がせて、彼の愛撫で赤らんだ胸を我が物顔で満足げに見つめた。

「そうじゃないの」ホリーは突然そう言った。どうしてこんなにいらいらするのだろう？　彼女は立ちあがり、荒っぽくワンピースのボタンを留め、彼の手で、唇で、そして鋼のような高まりで触れられることを待ち望んでいる脚の間の火照りを無視した。

「あなたがわたしに惹《ひ》かれているのはわかってる」

「惹かれているなんてものじゃない！」ホリーは背を向け、テーブルに料理を並べ始めた。ルイスは強い不満の波を感じ取っていたが、彼女が何を考えているのか知りたかった。ホリーが許してくれればその不満を解消する自信はある。彼は立ちあがって歩み寄ったが、ホリーが少し遠ざかろうとするのに気づいた。

料理がそろうと、ホリーは目を伏せて座った。

「わたしが言いたいのはこういうことよ。わたしたちはもう一年以上もつき合っている。だから……だからあなたがわたしの人生に関わっているように、わたしもあなたの人生に関わるべきだと思うの」

「ぼくの態度が気に入らないのか？」

「いいえ、もちろんそんなことはないし、そういうことを言いたいわけじゃない。あなたはわたしの仕事仲間全員と友だちのほとんどに会っている。でもわたしはあなたの友だちとは一人も会ったことがない」キャセロールを自分の皿に取り分けるホリーの手が震えた。うまく作るのに何時間もかかったのに、今は紙のような味がする。

「きみの話を聞いていると、恋人としてのぼくの態度が悪いと思っているようにしか聞こえないな」ルイスはホリーを見つめた。彼女は今夜を台なしにするつもりなのだろうかとルイスは思った。「きみが食中毒を起こしたときは、三日休みをとって看病したのを忘れないでほしい」

「そのことは本当に感謝しているわ」あのとき彼女は二十四時間で回復したのだが、残りの二日はほとんど二人でベッドで過ごしたことも忘れないでほしいと、ホリーは思った。保護施設の仕事はアンディや手伝いの人たちにまかせ、愛し合ったのだ。ルイスは平気な顔で、彼女は病気だから最低でも三日は休まないといけないと皆に告げた。

「きみが病気になったらまた同じことをするだろう」ルイスは、自分は心の広い男だとばかりに芝居がかったしぐさで言った。「ぼくの人生にとってきみがどんなに大事かを示す証拠だ」

ホリーはそれを聞いて安心し、少し体の力を抜いた。「わたしが大事な存在だと聞いてうれしいわ」彼女は小声で言った。「あなたが気持ちを話したがらないのは知っている……男の人はたいていそうだし……だから、口に出して言うのが大きな意味を持つのはわかるの。あなたはわたしにとってとても大事な存在なのよ」ホリーはうれしそうに目を輝かせた。「この一年半はすばらしかったわ。だから、この先には何があるんだろうと思ってしまうの」

「この先？」ルイスはふいに頭がうまく働かなくなったような気がした。

「今は保護施設の運営は順調そのものだから、留守にしたら大変なことになるなんて心配せずにすむわ。銀行口座はあふれんばかりよ。救助する動物は多いけれど、引き取り手を名乗り出る人もたくさんいる。わたしはあなたの住まいを見たいの。職場を見て、友だちと会って……ご家族とも会いたいわ。妹さんたちのこと、お母さまのこと、いろいろ話してくれたわね。どんなところに住んでいるかも見てみたい。生まれて初めて休暇をとることを考えているのよ」

ルイスの反応がないのを見て、ホリーの笑みは薄れていった。ルイスはショックを受けているようだ。強く出すぎたのだろうか？　ルイスの家族のことも、人となりも知っているけれど、どんな暮らしをしているのかくわしいことは知らない。貧しいのだろうか？　ブラジルでは貧しい人が本当に多いとルイスは前に話してくれた。彼女が気にすると思っているのかもしれない。

「あの、べつに今すぐというわけじゃないのよ。ブラジルは遠いわ。でも、ロンドンなら行けるし……あなたの友だちにも会える。コンピュータの話題しか出なくても、うんざりした顔をしないって約束する」

ホリーの声は細くなって消えた。なぜルイスは何も言ってくれないのだろう？　なぜハンマーで殴られたような顔をしているのだろう？　普通の関係ならこうなることがなぜわからないのだろう？　クラリッサと別れたあと、彼がちゃんとした恋愛をしていないのは知っていた。でも二人はもう一年以上もつき合っている。このまま中途半端な関係を続けるわけにはいかないとわかっているはずだ。彼女は若くはなれない。友だちの多くは結婚しているし、子どもがいる人もいる。最近、最後の独身仲間が婚約を発表した。

「この関係がこの先どうなるのか知りたいだけ」ホリーは咳払《せきばら》いした。「あなたがどこまで真剣か、証拠がほしいの」

3

ルイスにはいずれこうなることはわかっていた。

彼は長い関係を楽しむつもりなどまったくなかった。だが今になって振り返るとよくわかる。最初に自分の正体をいつわったせいで、すっかり油断してしまったのだ。財産を狙う女を警戒する必要がなくなったためにずるずると関係を続け、自分の楽しみだけを追ってしまった。

ホリーの青い目が不安げに彼の顔を見つめ、何か言うのを待っている。

「どうして?」ぶつけようのないいらだちに襲われ、ルイスは髪をかきあげた。

「どうして、ってどういう意味?」ホリーはとまどった。彼女の目から見れば、筋の通った質問だったからだ。「わたしたちは長くつき合っているわ。この関係がこの先どうなるのか、知る権利があると思う」ルイスが歩きまわるのをやめてくれればいいのにと彼女は思った。また頭がふらつき、今度はかすかな吐き気まででした。

「この先どうならなくてもいいじゃないか」彼はホリーの前で立ち止まった。「きみとはこれまでいい関係を続けてこられた。いや、いいどころじゃない——ほとんど完璧だった。なぜそれをそんな質問で台なしにするんだ? 先のことなど誰にもわからない」

「それはわかっているわ。保障などないことも、一寸先は闇だということも。でもだからといって将来を考えずに今だけを楽しむ生き方はいやなの! こういう話をあなたとするのがずるいとは思わない。クレアが婚約したこと、話したかしら? パーティで会ったわよね……」

「ああ、覚えている」声が大きくて活発で、恋人はそのうしろで小さくなっていた。「彼女に何か吹き込まれたのか？　ダイヤの指輪がないと幸せになれないと言われたのか？　自分の感情まで人に指図されるなんて、きみには驚いたし、がっかりしたよ！」

「クレアはそんなこと何も言っていないわ」ホリーの頬が赤くなった。カップルとしてこれからどうなるのかたずねただけなのに、ルイスはまともに答えようとすらしない。それどころか、わたしは他人に感情を指図されるような、ばかな女だと言わんばかりだ。

「友だちが婚約したからといって、きみも同じことをする必要はない」

「婚約のことを言っているんじゃないの」でも、ルイスとつき合うようになってから、ホリーは彼との将来のことだけを考えるようになった。大きなダイヤの指輪を夢見たことなど一度もない。でもこれから訪れる冬を考えるとき、そこには、いつものように手伝ってくれるルイスの姿があった。

「ぼくに不満があるのか？」

「不満なんかないわ！」

「じゃあ、何が問題なんだ？」彼は、強い流れにさからって泳いでいるような気がしたが、気にしなかった。あの事故のあとで助けてもらったとき、彼はたちまちホリーに惹《ひ》かれた。ほんの数日だけ他人の仮面をかぶり、いやおうなくついてまわる立場とストレスから離れ、数日だけ休むつもりだったのに、その休息が一年を超えてしまうとは想像もしていなかった。

まずは頭をはっきりさせ、失った主導権をとり戻すところから始めなければならない。別れたほうがいいのははっきりしている。たとえどんなに体の相性がよくても、相手がダイヤの指輪だの教会だのと考えるのを放っておくわけにはいかない。

はっきり言って、とんでもなく貧しい女性が相手の場合はとくにそうだ。相手が彼をローンを背負った平凡なサラリーマンだと思っているかぎり、そんな女性も魅力的に感じるだろう。だが彼がどれほどの資産家か知ったらホリーは豹変《ひょうへん》するにちがいない。一度だまされたルイスは、もう二度とそんな目には遭わないと心に決めていた。

そのためには人生をともにするパートナーに彼と同じぐらいの資産を求めればいい。彼との結婚で経済的な恩恵を受けない女性だけを結婚相手にすればいい。

ホリー・ジョージは問題外だ。彼女は厄介ごとを持ち込んでくれたが、それを解決するには別れるしかない。血も涙もない決断だが、長い目で見ればホリーのためになる。今解放するのが親切というものだ。恋愛関係で主導権をとるのは、常に彼でなければならない。

ホリーは背を向けて居間のほうに歩いていった。胸がどきどきしている。こんな話をしていることが信じられない。彼女はルイスとの関係に安心しきっていた。愛に目がくらんだせいで、彼が感じているのがただの欲望でしかないという真実に気づかなかったのだろうか？　そんなはずはない！　欲望は時とともに薄れていくけれど、二人の関係はよりすばらしく、より深くなったのだから。

キッチンから出てゆくホリーを見て、ルイスは彼女を無理やり腕の中に引き戻し、なんの疑問も持たなくなるまで愛し合いたいと思った。彼はホリーのにこやかで楽天的な性格に慣れていた。遠慮のない明るいおしゃべりが好きだった。その明るさと輝きを奪ったのが自分だと思うと、まるで怪物にでもなったような気がした。

「あなたは何が言いたいの？」ホリーは腕組みをして窓際で立ち止まった。その全身から緊張がにじみ出ている。「二人の関係に未来はないということ？もしそうなら、これ以上つき合い続けても意味はないわ。どちらかが飽きて別れを告げるまで、ただなんとなくつき合うなんていやよ」

ホリーは胸が痛かった。よくわからない表情のまま、無言でただ突っ立っているなんて、ルイスはどういうつもりだろう？　この話題には触れないほうがよかったのかもしれない、と頭の中で裏切り者のささやく声がした。でもそう考えたとたん、心の内にあることを言わずにはいられなかったのだと思った。この数週間、妙に感情が高ぶっていた。言いたいことを我慢していたら、よけいに感情的になってしまっていただろう。

「どうして何も言ってくれないの？」涙があふれそうになり、ホリーは唇を噛《か》んだ。

「きみがヒステリックになっているからだ。それに、きみはぼくが聞きたいことを何も言っていない」

「ヒステリックになんかなっていないわ！　二人の将来についてどう思っているかききたいだけよ」

「恋愛に関しては、将来のことは考えない」

「クラリッサのせいなの？」彼女がこの話を出したのは、ルイスに免罪符を与えるためだ。過去に傷ついたせいで恋愛に本気になれないというのなら、それは理解できるし、解決することもできる。過去に一度傷ついたからといって、その後ずっとそれを引きずる必要はない。それよりもっとむずかしいのは、話し合おうとしないルイスの態度だ。

ルイスは彼女のほうを見た。「過去の話を持ち出すのはやめよう」

「何もわかっていないのね！　わたしはあなたを裏切らないわ。あなたは、クラリッサと何があったのか一度も教えてくれなかった。その話を打ち明けてくれれば、この問題を解決する手がかりになるわ」

「心理学の用語をもてあそぶ気分じゃないんだ」

「じゃあ、どういう気分なの？」

「きみとベッドに入るのは、けっしていやとは……」

「どうしてセックスのことしか頭にないの？」

「セックスだけの関係だとは思っていない」ホリーとの関係から彼が望むのはそれだけだが、二人が楽しんでいるもののことをホリーがそんなふうに言うのを聞くと、怒りがこみあげてきた。

「セックスだけの関係じゃないなら、ほかに何があるというの？」

ルイスは彼女を見つめた。ホリーに追いつめられていると思うと声も出なかった。彼の決断に異を唱えたり、彼の行動に釈明を求めたりする権利が自分にあると思う女性はこれまで一人もいなかった。彼はホリーとめずらしく長くつき合った。そのせいで彼の忍耐力を試すようなことまで言うようになってきた。今ホリーは彼にはむかう権利を手にし、こちらをにらみつけて答えを待っている。

ルイスの沈黙の間を利用して、ホリーは自分の思いをちゃんと説明しようとした。

「わたしはあなたに夢中なの。たとえあなたが同じことをいろんな言い方で言ってくれなくても。だって……だって、あなただってきっと……。これがセックスだけじゃないと言うのなら、あなただってきっと……」

不機嫌に押し黙るルイスを見ていると、ホリーは自信が揺らいでいくのを感じた。かわりに、彼はわたしのことをなんとも思っていないのだという冷たい現実が襲いかかってきた。そんな相手と、休日の計画を立てたり、子どものことを話し合ったりするような健全な関係は築けない。もしルイスがそういうことを考えていたのなら、きっとブラジルに来て家族に会ってほしいと言ったはずだ。そう思うとホリーは気分が悪くなった。自分の希望と目の前の現実が、そして彼の希望があまりにもかけ離れていることがわからないほど、何も見えなくなっていたのだろうか？

「きみといっしょにいるのは楽しいし、きみのことは気にかけている」

「気にかけている……」その声は低く、うつろだった。彼女はどうしようもなくルイスが好きだし、彼のためなら喜んで燃える石炭の上だって歩くだろう。でもルイスは彼女をただ気にかけているだけだった。気にかけているだけでは燃える石炭の上を歩くことも、ともに未来を計画することもできないだろう。

「深く考えないでくれ」ルイスはホリーの顔に落胆の色を読み取ったが、自分の感情をこれ以上飾るつもりにはなれなかった。こんなに燃えたことはこれまで一度もなかったとか、どんな女性より長くつき合ったとか言うこともできただろうが、そんな言葉が喜んで受け入れられるとは思えなかった。

「考えすぎてなんかいない」ホリーはソファに座り込んだ。ついさっき愛し合ったばかりのソファに。

「外に出かけないか？」ルイスはそう言った。ホリーを見ているとどうしようもなく居心地が悪かった。

「電話で、新しい散歩道を見つけたと言っていたじゃないか」ホリーは屋外で過ごすのが好きだ。さわやかな空気を吸えば高ぶった神経も落ち着くかもしれない。

「散歩をする気分じゃないの」ホリーの声は聞き取れないほど小さかった。

「座り込んですねていても何も解決しない」

「わたしはあなたにとって、もっと大事な存在だと思っていた」

ルイスはため息をついてソファの隣に座った。ホリーに触れたくてたまらなかったが、我慢した。

「きみが大事な存在でないわけじゃないが、だからといってきみの友だちみたいに婚約するつもりはない。ぼくたちの次の章は結婚じゃないんだ。ホリー、本当にすまないと思うが、次の章が結婚になることは絶対にない」

「結婚のことを話しているんじゃないの」

「いや、話している」

ルイスは、ホリーのロマンティストの一面をわざと見ないようにしてきた。保護施設では男並みの重労働をこなすとはいえ、彼女は感傷的な映画を観《み》れば目に涙を浮かべるし、ばかげたラブストーリーに夢中になることもある。今こそ残酷にならなくては、とルイスは後悔とともに思った。

「きみは結婚を考えるほどの真剣な関係じゃないと満足できないが、少なくともぼくといっしょではそんな関係は手に入らない。最初からそう言っておかなかったぼくが悪いんだ。責められるべきなのはぼくだ」目を合わせてくれればいいのにとルイスは思ったが、ホリーは体をこわばらせてまっすぐ前を見ている。「きみはぼくがいないほうが幸せだ」

ルイスがそう言うと、ホリーは信じられないという目で彼を見た。

「よくもそんなことが言えるわね。誠実に向き合おうとしない男が言いそうな台詞《せりふ》だわ。罪悪感を覚えずに手を切りたいときにそう言うのよ。雑誌で何度も読んだとおりだわ！」

ルイスは笑みを浮かべそうになるのを抑えた。ホリーは自己啓発や心理学の本を読むのが大好きだ。彼に無理やりテストを受けさせ、その答えを分析して、彼の性格を導き出したことが何度かあった。そんなひとときが恋しくなるかもしれないと、ルイスにはわかっていた。

「ぼくにはきみに言っていないことがある」ルイスは彼女にすべてを打ち明けようと考えたことはなか

った。何も変わらないのだから、打ち明けても意味はない。だが今は打ち明ける責任がある気がした。

「別れた恋人とのことだけれど……わたしのせいで話す気になれないわけじゃないのはわかっている」

ホリーは、彼が本当にその人のことが好きだったのだろうと暗い気持ちで考えた。ほかの女性に差し出すものが何一つ残らないほど、元の恋人に心のすべてを奪われてしまったのだろう。

「そういう部分もある」

ホリーはほとんどその言葉を聞いていなかった。もしこれが彼と会う最後になるのなら、そのあとにはどんな人生が待っているのだろう。そんな疑問が頭から離れなかった。彼に身を投げ出し、愛していると告げたかった。

「ぼくのほうを見てくれないか」

「見たからといってどうなるの？」それでもホリーは体を動かし、彼と向き合った。ルイスは手を伸ばせば髪をかきあげられるほどすぐそばにいた。

「驚かないで聞いてほしい。クラリッサは、きみが思うような生涯の恋人ではなかった」

「そうなの？」ホリーの気持ちが少し明るくなった。

「まだ愛していて思い出すのが苦しいから、彼女の話をしたがらないんだと思ったわ」

「話したくないのは、彼女が嘘《うそ》つきで狡猾《こうかつ》だとわかってしまったからだ」

「そんな」ホリーはルイスの言葉を全身で聞き取ろうとした。彼が何を話すにしろ、忘れられない元恋人という脅威がなくなれば、状況はいい方向に向かうに決まっているからだ。「どういう意味？」彼女は我慢できずに手を伸ばし、ルイスの腕をやさしく撫《な》で下ろした。指先に筋肉を感じて、ホリーの体に喜びの震えが走った。

「こんなことはやめてくれ」腕に触れたホリーのやわらかな手は、ルイスに灼熱《しゃくねつ》の烙印《らくいん》のような衝撃をもたらした。彼はホリーから離れ、椅子に腰を下ろした。

「こんなことって?」

「ぼくに触れることだ。触れられると、ぼくもきみに触れたくなる」

「触れてもいいわ」ルイスは今日より先のことを何も約束しようとはしないけれど、まだ彼女の魅力に引きずられている。この力を使って、彼が心の内を守るために築きあげた、分厚い防御の壁の中に入り込めないだろうか? 人生は白黒がつけられるものばかりではない。グレーの部分もたくさんある……。

「きみは話したかったんだ。だから話せばいい」

「触れながら話してもいいのよ」

ルイスはうめき声をこらえた。彼が企業帝国を築きあげたのも、女性関係で大きな過ちを犯さなかったのも、自制心があったからだ。ところがその自制心が働かない。ホリーが相手だといつもこうなってしまう。触れてもいいなどと言われたら、とても持ちこたえられない。

「十五分前までは、ぼくがプロポーズしないからといって追い出そうとしていたじゃないか」ルイスがそう言うとホリーはおとなしく笑い、頬を赤らめた。

「感情的になっていたからよ。最近は少し感情的すぎるの。理由はわからない。友だちがみんな結婚してしまうからかもしれないし、時間がたつのが早く思えるからかもしれない。あなたは……その……クラリッサの話をしていたわね……」

ルイスは誘惑に負けて、ホリーの説明を受け入れそうになっている自分を呪った。込み入った話はもうしたくなかった。ホリーをとり戻したかった。人生で唯一、ストレスと無縁のひとときを……。

だが彼はつまらない幻想など抱いていなかった。これが簡単には片づかない問題だという事実に目をつぶることができないのはよくわかっている。ホリーはみずから火をつけた爆弾をいったん引っ込めようとしているが、爆弾がなくなったわけではないし、爆発するのは時間の問題だろう。そして、いまいましいことに目の前のソファにはホリーがいて、髪を広げ、大きな青い目でこちらを見つめている。唇は、今にも思いを伝えようとするかのように半開きだ……。ルイスは歯を食いしばり、話を続けることにした。

「クラリッサはぼくを、いい生活を手に入れるための手段だと考えていた」ルイスは、豊かな胸とそっくりのホリーのふっくらした唇から目を引き離した。あの唇にまた触れることを考えただけで集中力を失ってしまう。ホリーと関係を続けてはいけない理由のリストに、ルイスは〝自制心を失う危険性〟をつけ足した。

「それはわかるわ。その点ではわたしも変わらないかもしれない……」

「きみはわかっていない」ルイスは立ちあがり、髪をかきあげた。彼は部屋を歩きまわり始めたが、やがて出窓の前で立ち止まり、もたれた。

薄れゆく夕日が背後から差し込み、ルイスをシルエットに変えた。もう彼の表情は何もわからなくなった。

「クラリッサはぼくのことを、夢でしか手に入らないような生活へのパスポートだと思ったんだ」ホリーが黙っているところを見ると、話の意味がつかめず混乱しているようだ。「彼女の目的はぼくの金だった。その目的のためならなんでもしただろう。たとえば妊娠を装うことだって」

「あなたの話についていけないわ。お金ってなんのこと?」ホリーには異次元の世界に踏み込んでしまったようだった。感情のない声で話すルイスは、彼女が知っているルイスではない。本能的にそれを感じ取った彼女はふいに恐怖にとらわれ、心臓の鼓動鼓動が速くなった。

「きみの目に映るぼくを教えてくれ」

「あなたはセールスマンのルイス・ゴメスで、専門はコンピュータ……。なのに、お金が目当てだなんて……」

「ぼくの名前はルイス・ゴメスじゃない」

「なんですって？」ホリーは腰を浮かせ、口をぽかんと開いた。聞きまちがいだろうか。「ルイス・ゴメスじゃないなら、いったいあなたは何者なの？」

「ホリー、座るんだ！」ルイスはホリーに駆け寄り、倒れる前にその体を支えた。

ホリーはすぐに意識をとり戻したが、彼の言葉が頭によみがえったとたん、また気を失いそうだった。

彼女はルイスから離れようとしてもがいた。

「近づかないで！　あなたは誰なの？」

「ブランデーを持ってくる。気持ちが落ち着くだろう」

「ブランデーなんかいらない。どういうことなのか教えて」

「ぼくはコンピュータのセールスマンじゃない。名前はルイス・カセラ――普通の人には想像もできないような資産を持っている。クラリッサは妊娠したと嘘をついて、ぼくを結婚に縛りつけようとした。結婚したらすぐに流産したと言うつもりだったんだ。経済的な安定を手に入れるためなら人はなんでもすると、ぼくはそのとき思い知った。金目当ての女の怖さが身にしみてわかったんだ。そしてその場で心を決めた。またクラリッサのような女にだまされるくらいなら、結婚を前提にした恋愛などなんの意味もないと。もし誰かと真剣につき合うなら、ぼくの資産を必要としない女性にしようと思った。ぼくには時間がないし、感情を危険にさらすつもりもない」

ホリーは彼の話を聞いていたが、すべてを受け止めきれず、めきれなかった。彼が身元をいつわっていたという事実の衝撃が大きすぎたからだ。

「でも、なぜ嘘をついたの？」

ルイスは彼女が離れていくのを感じた。ホリーの目に疑いと不信が渦巻いているのがわかった。まだ怒りと苦々しさは感じてはいないようだが、いずれその二つの感情にとらわれるだろう。

「よくわたしに嘘がつけたわね。助けてあげたのに、あなたは……正体をいつわった。わたしがわからないのはそこよ！」

「それは今、説明したはずだ」

「ルイス、わたしをばかにするのはやめて！　もしかして、ルイスという名前も嘘？　ブラジル出身というのも？　本当はロンドンの下町の出身で、お父さんは市場の露店で働いているんじゃないの？」

「動揺しているんだね。それもわかる」

「一年半も嘘をつき続けていたくせに、よくも……よくもそんなに落ち着いていられるわね」ホリーにはその理由がよくわかった。彼女が愛した男の心は氷の塊でできているのだ。

「ぼくの話を聞いてくれないなら、このまま出ていくつもりだ」

冷たい選択をつきつけられて、ホリーは涙をのみ込んだ。「理由を知りたいわ。その権利はあるはずよ」

「車が事故を起こしたとき……」

「あの車を、あなたは修理しようともしなかった。保険会社に連絡して、どれぐらいお金が戻ってくるのかたしかめようともしなかったわ。普通の人ならあんなふうに車をあきらめないことに、気づけばよかったんだわ」

ホリーは見過ごしていた事実の数々をつなぎ合わせ、彼の真の姿を見ようとした。お金に執着しない性格、相手が従うのを当然と考える態度、常に自分が正しいと思って疑わない、自信家の一面……。

「車が事故を起こしてきみに助けられたとき、ぼくは精神的に落ち込んでいた。あれはダーラムでの契約を終えてロンドンに戻る途中だった。ここに来た瞬間に心を決めたんだ。カセラの名からしばらく逃れようと。きみがぼくのことを知っているかもしれないという危険はあった。ダーラムの契約は新聞に大きく取りあげられていたからね。そのあと一年半もつき合えるとは予想もしていなかった」

「でも、どうして本名を知られたくなかったの？　なぜ本名を知られるのはまずいと思ったの？」

「ぼくがどれほどの資産家であるかを知ったら、人は素直な心で受け入れてはくれないことを、経験上学んだんだ。誰もが甘い話を持ち込み、おべっかを使い、妊娠を装ったりする」

ホリーの頭が避けられない結論をようやく理解したとき、彼女は混乱と恐怖に襲われた。愛した男性は資産家だった。どれほどの資産なのかわからないが、クラリッサはそのために彼を追いかけ、罠《わな》にかけようとした。人が皆媚《こ》びへつらうという彼の言葉は真実にちがいない。

でも、彼女もそんな人たちと同じだと思ったのはなぜだろう？　それは彼が疑い深いからだ。ホリーは自分のすべてをさらけ出し誠実であろうとしたが、ルイスは常に本心を隠し、彼女を近づけようとしなかった。

「あなたが資産家だとわかったら、わたしもその財産を狙うと思ったの？」

「ぼくはすべてを運まかせにする男じゃない」ルイスはそうとしか言わなかったが、ホリーの心はずたずたに引き裂かれた。

ルイスは残酷にも自分にこう言い聞かせた。こうなることがわかっているからこそ、感情的な関係に巻き込まれまいとするのが正しいのだと。

「これまでずっと……」ホリーは信じられないという目で彼を見た。まだ悪夢の中にいるような気がした。「わたしは遊び相手でしかなかったのね。週末の気晴らしだったんだわ。ここに来れば何も要求されることはないし、週末だけ保護施設を手伝ったら、また元の現実に戻ることができる。向こうにも恋人がいるの？」

「ばかげたことを」ルイスは立ちあがり、ホリーを見下ろした。こんな状況に陥った自分を呪ったが、初めて彼女に会ったあの日、もしこうなるとわかっていたら、あのまま立ち去っただろうか。彼は答えを出すことを拒んだ。

「答えなくていいわ。答えを知りたいとは思わないから」

自分でもよくわからない感情とプライドが争うのを感じ、ルイスはためらった。「別の恋人などいるわけがない。誰かとつき合っているときは、ぼくはよそ見はしない」

「でも、誰にも長居はさせないのね。身のほど知らずの夢を持たれると困るからでしょう！」

「きみに皮肉は似合わない」

「皮肉じゃないわ。現実的になっているだけよ。財産狙いと思われる女、わたしみたいな女とは深いつき合いはしない。それがあなたの現実よ」

「きみを誤解させたことはすまないと思うが、真実を打ち明けたことをあやまるつもりはない」

「あなたがくれたアクセサリーだけど……」ホリーは〝偽物〟のルビーに触れた。

「どれも本物だ」ホリーは、大変な価値のあるものがコテージのあちこちに散らばっている事実に気づいた。なぜなら彼女は宝石箱など持っていないからだ。

「プレゼントを贈って、相手がしつこくなったら捨てる。それがあなたのつき合い方なの？」ホリーは短く笑った。「自分の正体を知らない女と寝るのが目新しくて楽しかった理由がよくわかったわ」

ホリーはほんの数時間の間に十歳も年をとったような気がした。希望に満ちた明るさも魂の伴侶に出会ったという確信も消えた。彼女は表情のない目でルイスを見た。

「もう帰ったほうがいいわ」

感情をなくしたホリーは、ルイスが小さくうなずくのをただ見つめることしかできなかった。彼が自分のものをまとめ、ドアに片手をかけて肩越しに一度だけ振り返ったときも、立ちあがろうとはしなかった。けれど、玄関のドアが音をたてて閉まったとき、もうこの苦しみを抑えておくことはできないだろうと思った。

4

「ぼくはだまされないよ、ホリー。きみはいつも笑顔を絶やさないけど、二人だけのときは無理しなくていいんだよ」アンディは、泥にまみれたジーンズとぴったりしたセーターという格好でも、どこかしゃれて見える。彼はうしろに下がり、冷静な目でホリーを眺めた。「遠慮なく言わせてもらうけど、少し太ったね」

「最近ちょっと……食べすぎかもしれないわ。野菜を作っているんだから、食べないと意味がないでしょう？　野菜だけというわけにもいかなくて」つまらない言い訳だった。九週間前にルイスが出ていってから、彼女はたしかに太った。

アンディは自分がゲイであることに誇りを持っていて、泥だらけになる仕事に就いていていても、ファッションにはうるさい。厳しい彼の目は、ホリーが少し太ったこともけっして見逃さなかった。

ルイスが去ってから、アンディはホリーを〝表に引っぱり出すこと〟を自分の仕事とみなしていた。彼はゲイではないストレートの独身の友人たちを招いてパーティを開いたが、ホリーが誰にも興味を示さないのを見逃さなかった。

「前に進まないとだめだよ。あのセクシーないい男は戻ってこないんだし、ビスケットばかり食べながら待ってるなんて時間の無駄だ」

「ビスケットばかり食べているわけじゃないし、待ってもいないわ」それでも彼女は、アンディがまたパーティを開いてくれるというので、行くと答えた。今度は夜のパーティで、音楽関係のすてきな男性たちを数人呼んでいるという。

これまでアンディは彼女に、医師、美容師、芸術家、農場主を紹介してくれた。二人の農場主はホリーの幼なじみだったが、社交辞令で両親の話をしただけで会話は終わった。それでも、彼女の気持ちを明るくしようとするアンディの心遣いがありがたかった。友人たちも、ルイスのことを忘れさせようと骨を折ってくれた。

友人たちの言っていることが正しいのはわかっていた。彼女は前に進まなければいけない。別れてから、ルイスからはなんの連絡もなかった。ホリーは、あの深い声が聞きたくて何度か彼の携帯に電話をしたくなったことがあったが、必死の思いでその衝動をこらえた。

「あの人、新しい恋人ができたそうよ」

飼い主が亡くなったために保護施設にやってきたろばの柵を閉めながら、ホリーはぽつりと言った。

そして、納屋を改装した快適な更衣室に向かって歩いていった。

ホリーは地面に視線を落としたまま言った。「インターネットでのぞいてみたの……あの人がどうしているのか知りたくて。それがまちがいだったわ」

「これまでいなかったのが不思議なくらいだよ。あの男を忘れたいなら、何をしているのかチェックするのはやめたほうがいい」アンディがそう叱ると、ホリーはおとなしく彼のほうを見た。

「あなたもその新しい恋人を見てみるべきだわ」ホリーは更衣室のドアの前で足を止めた。これも、農場を売ったあとに口座に残っていたというお金で改装した設備の一つだ。けれど、きっとそのお金はルイスからの寄付にちがいないとホリーは思った。結婚するつもりのない女とのセックスに対する代償というわけだ。男女別のシャワーブースがあり、それぞれにトイレとシンクがついている。更衣室の隣には居心地のよい部屋があり、天気が悪いときにはここで大勢を集めて食事をすることができる。

「そんなことを考えちゃだめだ」アンディが言った。

「ものすごい美人なの。それにブラジルの出身で、家は大変なお金持ちだそうよ。やせていて背が高くて、わたしとはまさに正反対。誰もが皆二人が結婚すると思っているわ」

ホリーは、前の晩に見た写真の数々をくわしく説明することもできた。映画のプレミア試写会場で、笑いながらリムジンから降りるルイスとセシリア・フォロン。レストランから出るところを隠し撮りされた写真。二人がつき合い出してからまだ三週間だが、まるでずっと前からつき合っているかのように、彼女に寄り添うルイスはリラックスしている。

ホリーは自分を苦しめて眠れない一夜を過ごした。ルイスは、辺鄙《へんぴ》な場所に住むやぼったい田舎娘と手が切れて大喜びしているだろう。買い物の楽しみも知らなければ、めったに化粧もしない、彼が資産を隠したからこそ本性を現さなかったお金目当ての女と。

アンディの言うとおりだとホリーは思った。そろそろ前に進まなければいけない。ミュージシャンに目を向けてみよう。そしてダイエットしよう。そうすれば、すぐにやせて人生が元どおりになるかもしれない。

ロンドンの金融街を見下ろす高層ビルのオフィスで、ルイスは椅子をまわして振り返り、デスクから離れて窓越しにぼんやりと街並みを眺めた。片手でもてあそんでいるのは、恋人だったころにホリーに贈ったアクセサリーの数々だ。彼女は数週間前に送り返してきた。ルイスは何も考えずにデスクの引き出しの奥に突っ込んでおいた。

外は憂鬱な灰色で、セシリアの文句が聞こえるかのようだ。セシリアは文句の多い女性で、イギリスの天気をきらっていた。今はブラジルから連れてきたメイドのアナにこぼしているにちがいない。

今夜は彼女をオペラに連れていく。そう思うと気が重かったが、そんな思いが恋愛中の男にそぐわないことはわかっていた。セシリアはまさに彼にふさわしい相手だ。彼の母とセシリアの叔母の共通の友人が二人を引き合わせてくれた。セシリアが視界に入ったのは、ルイスが、最近すっかり性衝動がなくなってしまったのを気に病んでいた、まさにそのときだった。彼は、身を固めることなど考えずに、どうでもいい女性ばかりを相手にするライフスタイルを続けたほうがいいかもしれないと思い始めていた。

セシリアにはまだ性的な衝動は感じていないが、火花が散らないのは一時的なものだろうとルイスは思った。ホリーと別れて以来、彼はずいぶん遅くまで働くようになったし、睡眠不足はあらゆる不調の源だ。セシリアは彼にぴったりだ。資産という点では彼の一族にひけをとらない。ちやほやされることに慣れた女の常として、彼といっしょに時間を過ごすより、羨望の的となるような交友関係を作るほうに興味を持っている。彼が仕事をしすぎるといって文句を言うようなタイプではない。まさに理想的だ。

そんなことを考えながら、ルイスはメッセージ一つつけずに送り返されてきたブレスレットや指輪の宝石を撫《な》でた。

そのとたん、すらりと脚の長いブルネットのブラジル娘の姿は消え、マニキュアとペディキュアの区別もつかないような、小柄だが豊満なブロンドの女性の姿が脳裏に浮かんだ。

ルイスは唇を引き結んだ。ふっとホリーのことを思い出す自分がいやになる。しかも何度も思い出してしまう。それはきっと、人生で初めて相手から関係を終わらされたからだろう。この苦い思いはそんな別れ方のせいだ。こんな思いはすぐにも消えうせるはずだ。だが、もし消えなかったら……。

ルイスは携帯電話に視線を落とし、昨夜受け取ったメールの文章をスクロールした。彼に会いたいというホリーからの短いメールだ。なぜ会いたいのか彼にはまったくわからず、返事をせずに消去してしまいたい衝動にかられた。けれども次の瞬間思った。一度彼女と会えば、もう思い出していらいらすることもないはずだ。彼女のことを考えるたびにセックスのことを考えてしまうのもやめられるだろう。なぜホリーがわざわざロンドンまで来る気になったのか、彼は考えてみた。

どうして今になって連絡をとろうと思ったのだろう。彼とあっさり縁を切ったことを後悔したのだろうか？　ホリーは高価な宝石類を送り返してきた。もし売っていれば手に入ったはずの大金のことを考えて、早まったことをしてしまったと思い直したのかもしれない。

結局、人を動かしているのは金だ。残念だがそれが真実だ。保護施設のどこかが壊れたか、コテージの古い配管でも取り替えるはめになったのかもしれない。

ホリーがいたたまれなさに身をよじるのを見れば気が晴れるかもしれない。彼女が視線を落とし、咳《せき》払《ばら》いし、いくらか貸してもらえないかと頼むのを見れば、どんな未練も吹き飛ぶだろう。そうすれば、安心してセシリアのことを温かい気持ちで考えられるようになるはずだ。セシリアは彼に金を無心する必要などないのだから。

ルイスの官能的な口元に皮肉っぽい笑みが浮かんだ。ホリーの突然の来訪こそ望むところだ。彼女のやってくるのが待ちきれない……。

ホリーは、これまで見たこともないような立派なビルの前でためらい、唇を噛《か》んで、バックパックをお守りのように抱きしめた。まわりでは大勢の人々が行き交っている。皆地味なビジネススーツを着て、ブリーフケースを提げるか、コンピュータの入ったバッグを肩にかけている。ルイスに会いたいとメールしたとき、レストランかカフェで待ち合わせすることになるだろうと思っていた。ルイスが彼女に会うためにわざわざオフィスを出るつもりがないところを見ると、自分がいかにどうでもいい存在で、どんなにすっかり忘れ去られているかがよくわかった。

そのことに傷ついたり驚いたりしてはいけないとホリーは思った。ルイスは会いたいとも思っていないし、積もる話があるとも思っていない。彼女にとっては会ってくれること自体が驚きだった。でも彼女の話を聞いたら、ルイスは断ればよかったと心の底から思うだろう。

ホリーは深呼吸して、雑踏をかき分けて歩いていった。不格好な長袖のワンピースに防水の薄手のアノラックという服装はひどく場ちがいな気がした。回転ドアに吸い込まれ、広々としたビルのロビーに押し出されたホリーは、周囲の視線を感じた。こんなところでまごついていたら、守衛が現れて外に連れ出されてしまうかもしれない。

いったいなぜこんなことになってしまったのだろう？　この一週間、ホリーはそう自問し続けていた。このところ体調が悪かったので、病院に予約を入れた。時間がたてば治るからと励まされ、処方箋の一つも出て終わりだろうと思っていたのに……。うしろから誰かにぶつかられて、口の中でもごもごとあやまると、冷たい視線が返ってきた。

あまりにも緊張していたせいで、次の十分間、何があったのかほとんど記憶に残っていない。半円形のデスクに座った親切な女性が、ルイスの秘書が迎えに来るまで座って待っているようにと教えてくれた。そして十分後、ホリーは専用エレベーターに乗せられ、階上へと連れていかれた。おかげで、ただでさえ落ち着かない胃の具合がいっそう悪くなった。

ホリーは、産み出されるお金と交わされる取り引きの匂いに満ちた、広い部屋に連れていかれた。彼女は何も考えずに目の前の中年女性についていった。ロンドンまでの列車の中で感じた小さな恐怖や不安が、胃の中で大きな塊になっていくのを感じる。

ホリーは、今すぐ目の前の女性の手を握り、とんでもない勘ちがいをしたから今すぐ帰ると言いたい衝動に襲われた。けれど、口を開く前に廊下の突き当たりに来たので左に曲がり、オフィスを二つ抜け、やがて閉ざされた大きなドアの前に到着した。

ホリーは、ルイスが働く世界を知るチャンスを逃したような気がした。もっと周囲に目を向ければよかった。そうすれば、これまでの怒りをかきたて、幻滅と傷心の炎をあおることができただろう。それはこれからの三十分、彼女にはどうしても必要なものだった。

ホリーは心底おびえながら、開かれるドアを見守った。ひさしぶりに見たルイスは、こちらに背を向け、街を見下ろす大きな窓の外を眺めている。

ルイスは、秘書が連れてきたのがホリーだと知っていたが、ドアが閉まる軽い音がするまで振り向こうとしなかった。彼はホリーが送り返してきた宝石の一部をズボンのポケットに入れ、無表情な冷たい顔で訪問者のほうを見た。そして意識のすべてを集中して、その姿を隅々まで眺めた。

ホリーは太った。それとも勘ちがいだろうか？この数週間、やせぎすの女性としか会っていないからよくわからないのだ。そういう女性の隣に立てば、少しでも女らしさを感じさせる体型は太って見える。

豊満でセクシーなホリーの体の記憶が、疾走する貨物列車のような勢いでふいに意識に戻ってきた。彼女はセクシーさとは程遠い服装をしているのに、眠っていた衝動が無関心を保つ防御の壁を突き破るのを感じて、ルイスは怒りを覚えた。二カ月以上も会っていないのに、この日のためにドレスアップをする気さえないのか！　物乞いのためであれば、もっと服装に気をつけてもいいはずだ。

「あまり時間はとれない」ルイスは腰を下ろし、その場におずおずと立っているホリーをじっと見つめた。そして、その顔の自然な美しさに目が釘《くぎ》づけになった。セシリアと比べれば色あせるだろうと思っていたのはまちがいだった。それどころか、あのブラジル美人のとがらせた唇やモデル体型を思い出すのさえひと苦労だった。

「かまわないわ」視界の隅で、ホリーの目は座り心地のよさそうなレザーのソファと、背後の真っ白な壁、そしてそこに飾られた大胆な色遣いの抽象画をとらえた。その向かい側には書架が並び、前に小さめのデスクが置かれている。しかしホリーの目はル悪感など何一つ抱いていない。彼女に嘘《うそ》をついたけれど後悔はしていない。愛情があれば後悔しただろうが、彼に愛情はなかった。それが真実だ。ホリーは唇を引き結んだ。

「それなら助け舟を出そう」そのなめらかな声はなぜか彼女をいらだたせた。

「なぜそんなことができるの？　ここに来た理由も知らないくせに」

「だいたい予想はつく」

「どうして？」なぜルイスがこの訪問の目的を知っているのか、ホリーは答えを探そうとした。ルイスはいつも彼女の気持ちを見抜くのがうまかった。それに彼女は太った。思わず胸が締めつけられるのを感じ、ホリーは身じろぎした。女の体のすべてを一瞬で読み取るルイスなら、ひと目で真実を見抜くだろう。ホリーは彼が真相を知ったことを疑わなかった。「そんなにわかりやすかったかしら」

けれど、ホリーはすぐに思い直した。ルイスは罪の意識など一切抱いていない、という態度で、彼女は椅子に引き寄せられた。記憶の中にあるのと同じく、印象的で罪深いほどハンサムだ。その姿は、寝ても覚めてもホリーの頭から離れなかった。

「で……用件は？」彼は椅子の背にもたれた。ホリーの頬がゆっくりと赤く染まるのを見て、経済的な理由でここに来たのだというルイスの疑いは確信に変わった。彼女が用件を口に出さざるをえなくなるまで待ちたいと思ったが、沈黙があまりに長びくので、ルイスはとうとう舌打ちして身を乗り出した。

「ホリー、きみが言葉につまるなんてめずらしいじゃないか。どうして黙っているんだ？」

「どう切り出していいのかわからなくて……」その声は不自然に高く、罪悪感がにじんでいた。ルイスにこれほど迷惑そうにされるとは予想していなかった。まるで二人の関係をだめにしたのが彼女であるかのような気分にさせられる。

「ぼくにとってはね。ホリー、その上着を脱いで座ったらどうだ？」

「時間がないんだから、無理しなくていいのよ……。ただこれだけは伝えたくて……あなたにもよく考えてほしいの」それでも彼女はぎこちなくアノラックを脱いで、ルイスの向かいの椅子に座った。

ルイスははっとした。あのそそるようなみずみずしい体の線に気づかないとしたら、目が見えないも同然だ。不格好なワンピースを着ていても、大きな胸がはっきりとわかる。オフィスのドアに鍵をかけ、あのぱっとしない服の下がどうなっているのか、自分自身の目でたしかめたいと思うばかげた衝動に襲われ、ルイスは歯を食いしばった。

「考えろって、何を？　なんのために金がいるのかだけ教えてくれればいい。保護施設でトラブルがあったのか？　それともコテージの修理？　あの建物は古すぎるから、売る決心をしないかぎり、永遠に金策に走ることになる」ルイスは引き出しの中から小切手帳を取り出した。「昔なじみのよしみで、きみの必要なだけ融通するが、今回かぎりと思ってくれ……」

ホリーはその言葉の意味がわからず、ぼんやりと彼を見つめた。

「わたしがお金のために来たと思っているの？」なぜこんなにショックを受け、傷ついてしまったのだろう？　数週間前に別れるときルイスは、彼の目から見れば、自分の資産に見合わないような女は皆お金目当てだと言っていた。その中にはもちろん彼女も含まれている。今の彼女を見てまちがった結論に飛びつくのも無理はない。

「ほかにどんな理由がある？」

「ルイス、あなたほどひねくれた人はいないわね。小切手帳を振りかざして、いくらほしいんだとたずねるあなたの姿を見ていたら、絶対に好きにはならなかったでしょうよ。いっしょにいたとき、あなたにはこんないやみな傲慢さはなかった。お金があればなんでも解決するなんて思っていなかったわ」

　ホリーの声ににじむ苦々しさにふいをつかれ、ルイスは顔が熱くなるのを感じた。彼は椅子の背にもたれ、頭の下で手を組んだ。ホリーが話を遠まわしに進めたいというならそれもいいだろう。だが〝いやみな傲慢さ〟という言葉に彼の心はうずいた。

「きみの目の前にいるいやみで傲慢な男こそ、本当のぼくだ。きみといたときのぼくはルイス・ゴメスで、今はルイス・カセラだ。ぐずぐずしている暇はないから、さっさと用件を言って終わらせたらどうだ？」いやみで傲慢……。ルイスは何よりもホリーがそう言ったときに顔に浮かべた落胆と哀れみの色を憎んだ。彼の巨大な企業帝国の贅沢《ぜいたく》さに囲まれていながら、ホリーは感心もせず、冷めている。ホリーから見れば、どんな富の中にいても彼という男の価値が上がることはないのだ。

　ホリーは目をそらし、ふいに口を開いた。「あなたが……誰かとつき合っていると何かで読んだわ」

　ルイスはとっさに、嫉妬しているのかたずねたくなった……嫉妬したからわざわざ噂《うわさ》をたしかめにロンドンまで来たのか、と。

「どこで読んだ？」

「インターネットよ」ホリーはそう言って顔を赤くした。

「ほう？　記事をチェックするほど、ぼくに関心を持っているとは驚きだ」

「一年半もつき合っていた相手が本当はどんな人だったのか知りたかったの。あなたは有名人なのね」

「ビジネス界ではある程度の地位を得ている」

「まるで知らない人の記事を読んでいるみたいだった。あなたは世界じゅうに不動産を持っていて、世界各国で事業を展開しているのね。いったいわたしのどこが気に入ったの？　きっと死ぬほど退屈だったでしょう？」

「きみは……」

「めずらしかったのね」ホリーは苦々しげに言葉を継いだ。「目先が変わった、というところかしら。普段のあなたの女性の好みは、魅力的なモデルやセレブばかり。あなたの新しい恋人の記事や写真を見たわ……。セシリア・フォロン、あなたが真剣な関係にぴったりだと考えるタイプの女性……。家柄も……外見も」

「噂が本当なのかたしかめに来たのか？」セシリアのことなど忘れていた彼は、彼女のことを〝真剣な関係にぴったりの女性〟と言われてもなんとも思わなかった。

「いいえ」ホリーは静かに言った。「噂が本当なのはたしかのようだから。それが気になるから来たわけじゃない。わたしが大事に思っていた愛する人は消えて、見知らぬルイスに変わってしまった」

そう言いながらも、ホリーは強烈ななつかしさにとらわれていた。つややかに磨きあげられた外見の下に、かつて知っていた男がいるのはまちがいない。

「その恋人のことだけれど」ホリーは息を吸い込んだ。「その人を愛しているの？」

「なんだって？」

「今つき合っている人よ……愛しているの？」

「不適切な質問だな」ルイスは腕時計に目をやった。

ホリーがこのオフィスに入ってきてから口にした言葉のすべてがいらだたしかった。ルイスは、彼女の存在そのものに反感を持って当然なのに、自制心では抑えきれない体の反応を止められずにいる、自分に気づいていた。

「そんなことはないわ」

「彼女はぼくにふさわしい」セシリアはまさに理想的だ。彼の頭の一部は反抗的にもそれを認めようとしないが、早めに言い聞かせておくほうがいい。

「あなたのご家族は満足でしょうね。お父さまはあなたが身を固めるのを心待ちにしていたみたいだし」

「そんな話をした記憶はないな」ルイスはホリーにあらゆることを話した。ホリーはいつも話すことを楽しんだ。彼女ならあの陽気なおしゃべりでどんなに落ち込んでいる者も明るくしてしまうだろう。ルイスはかつてそう思ったことがあった。「だいたい、こんな話をしてもしょうがない。金のために来たんじゃないなら、なんのためだ？」

「これから打ち明けることはあなたにとってはショックかもしれない。でも知っておいてほしかったの。あなたが新しい恋人を見つけたのを喜んでいると……」身を切られるようにつらかったが、ホリーはそう言った。彼に意地を見せたかったし、これから言うことに対してルイスに責任を感じてほしくなかったからだ。

ルイスは凍りついた。ホリーは病気なのか？ 胸の中でパニックがふくれあがり、あらゆる思いや感情を追い払った。

「わたし、妊娠したの。もっとやさしい言い方ができればよかったんだけれど、思いつかなくて」

混乱した頭で、ホリーの言葉を理解するのにしばらくかかった。理解できても、聞きまちがいではないかと思った。ルイスは体をこわばらせて身を乗り出し、デスクに両手をついて、じっとホリーを見つめた。

「すまない、もう一度言ってくれ。よく聞き取れなかった」

「赤ちゃんができたの」

「そんなばかな。勘ちがいだ。妊娠するわけがない」ルイスは現実とは思えない不思議な感覚に圧倒された。幻覚を見ているのだろうか。

「医師の話では、パーティのあった週末に妊娠したらしいわ。わたしが病気だったのを覚えている？　病気になると避妊薬の効きめが落ちるそうよ。わたしは何も気づかなかった。別れてすぐピルをやめたから、生理がないのはまだ体が慣れないせいだと思ったの。体重が増えたのは、食べる量が増えたからだと思ったわ。わかったのは、ほんの数日前に病院に行ったときよ。検査してもらったから、まちがいはないわ」

ホリーの声は落ち着いていた。彼女は数日このことをじっくり考え、人生が変わってしまったことを受け入れたから、ショックの段階はもう過ぎていた。しかしルイスは今衝撃に打ちのめされ、顔面蒼白《そうはく》でじっと彼女を見ている。

「信じられない」ルイスの目はまたホリーの豊かな体の線へと引き寄せられた。ホリーが嘘をつくことはありえない。彼女がクラリッサと正反対だということは自分でもよくわかっていた。

「あなたがほかの人とつき合っているのは知っているし、ここへ来たのは……その関係を壊すためじゃないの」

「妊娠したと言いに来ておきながら、何も壊すつもりはないというのか？」

ホリーは顔を赤くしたが、目は離さなかった。

「来なくてもよかったのよ」彼女は静かに言った。「一度は会うのをやめようと考えた。でも、少なくともあなたには真実を知る権利があると思ったの。何かしてほしいとは思わない。ただ大事なことだから……知らせないといけないと思って」ホリーは立ちあがった。

「いったいどこへ行くつもりだ？　言いたいことだけ言って爆弾を落として、帰るつもりなのか？」

「あなたにとっては爆弾なんでしょうけど、わたしにとっては……それから、始末しろと言われる前に言っておくけれど、そんな気はありませんから」

「そんなことを言うつもりは全然ない」

「そして、わたしを元の恋人といっしょにするのもやめて。妊娠は本当よ。そして、さっきも言ったけれど、あなたからは何も期待していない。お金をくれとも思わないし、うっかり命を産み出したことに責任をとれと言うつもりもない。もう帰るから、あとはあなたが考えて。フィアンセが知ったらショックを受けるから、先に自分から打ち明けたほうがいいんじゃないかしら」

〝フィアンセ〟という言葉はルイスの頭に入らなかった。彼は、ホリーを椅子に縛りつけてでも話を続けさせ、その間にまともな思考を取り戻したい衝動に強くかられた。嘘だろう、父親になるなんて！

ルイスの目は彼女の腹部に向けられ、また胸へと戻った。ちゃんと見ていれば用件の察しはついたはずだ。なぜホリーが金を巻きあげようとしているなんて思い込んだのだろう？　ホリーは物欲など見せたことがなかった。ホリーは子どもを――彼の子どもを身ごもっている。もう金目当ての女から身を守るために、ホリーを捨てるなどと言っている場合ではない。

だがホリーは出ていこうとしている。

「わたしが言ったことを考えてみて。明日まではロンドンにいるから、もし、もっと話したいというならかまわないわ。携帯の番号は知っているわね。もし削除していなければの話だけれど……」

ルイスは青ざめ、ひどい顔をしていた。世界が音をたてて崩れ、悪夢が現実になったような衝撃なのかもしれない。

「今はついてきてほしくないの。言いたいことは言ったから、これで帰るわ」

5

オフィスにずかずか乗り込んできて、彼の世界を吹き飛ばすようなニュースを告げたあげく、ついてくるなと言って出ていくとは、ホリーはいったいどういうつもりだ？

ドアから出ていくホリーを見送りながら、ルイスは引きとめるのはまちがいだとわかっていた。ホリーは太陽のように明るいが、頑固でもある。引き結んだ唇を見ればそれがわかった。あれは数カ月前、虐待した飼い犬をとりあげられた季節労働者が保護施設にやってきて、犬を返せと言ったときに彼女が見せた顔つきと同じだ。ホリーはその男に向かって出ていけと一喝した。男はホリーの顔を見てそのとおりにした。ルイスは感心した。だが今は、その頑固さが自分に向けられていると思うと感心する気にはなれなかった。

彼は父親になる。複雑な状況だが、電話を止め、会議をすべてキャンセルし、こうして静かな部屋の中にいると、簡単に背を向けられない問題なのがよくわかった。ホリーがわざわざ彼を捜し出したのは、彼が自分の人生に欠かせないと認めた証拠だ。彼には選択肢がある、背を向けることもできるとホリーは言ったが、あれは口先だけだ。そんな選択肢などないことは知っているはずだ。

オフィスを出る直前、彼はホリーに電話した。まだ五時すぎで、いつもの退社時間より数時間も早かったが、仕事に集中できなかった。ホリーは彼に考えてくれと言った。彼からすれば、もうじゅうぶんに考えごとに時間をかけた。

「会ったほうがいい」

有無を言わせない口調に、ホリーは身震いした。

「わかったわ」

「ホテルはどこだ？」

ホリーはホテルの名前と場所を伝えた。

シャワーから出たばかりの彼女は、くたびれた壁紙やふぞろいな家具を眺めた。

「ロンドンのそのあたりはひどいところだ。もう少し気のきいたところは見つからなかったのか？」

「週末の旅行で来たわけじゃないのよ。ロンドンに来る用があったから来ただけで、手ごろなところに決めただけよ」

「運転手を迎えに行かせる」

「会う場所を指定してくれればいいわ。公共の交通機関を使うから」

ルイスはその言葉を無視した。「三十分後に到着する」

「ルイス……」

「意地を張るのはやめてくれ。ぼくには運転手がいるし、運転手がいればわざわざ地下鉄やバスを使う必要はない。会ったときに話そう」

横暴で自分勝手だ。電話を切りながらホリーはそう思った。ルイスはいつもそうだった。いっしょに外出するとき、何かまずいことが起きても彼はいつも対処法を知っていた。決断をくだすときは自信たっぷりで、それを見ると、彼の言うとおりになるのがあたりまえのように思える。彼のそんなところが今急に傲慢に思えてきた。

妊娠がわかってから、ホリーはいつものジーンズをはくのをあきらめ、大きめのワンピースを二着買った。今着ているのは、移動中に着ていたものほど古くさくない。ルイスには腹をたてて軽蔑してもいるけれど、気がつくとホリーは鏡の中の自分をこっそり見つめていた。

自分では外見からは妊娠はわからないと思ってい

た。でも横から見ればわかるかもしれない。ホリーは横向きになり、おなかの上に手を置いた。やっぱり……太って見える。

妊娠がわかったときはショックを受けたが、それはすぐに喜びに変わった。これまでにこの子がほしいと思うほど何かを強く望んだことはない。ルイスにとっては悪夢かもしれないが、ホリーにとってはちがった。

そんなことを考えながら、ホリーは、ルイスが言ったとおりの時間に到着した高級車の後部座席に乗り込んだ。乗ってから初めて、彼にどこで会うのかたずねるのを忘れたことに気づいた。

車が大通りを離れ、街路樹の並ぶ高級街チェルシーに入ったのを見て、ホリーは驚いた。その驚きは、車が赤れんが造りの四階建ての立派な建物の前に止まったとき、さらに強くなった。黒い玄関ドアの両わきには、アールデコ調のライオンの石像が二つ並んでいる。

ここはルイスの自宅にちがいない。緊張を感じたホリーは、彼とはもう恋人ではないと必死に自分に言い聞かせた。不幸な事情で結びつけられた他人同士にすぎない。

ルイスが玄関ホールに現れると、運転手は姿を消した。つかの間、ホリーはただ見つめることしかできなかった。脚の長さとたくましさを強調する色あせたブラックジーンズ、そしてダークグレーのポロシャツ。

その姿から目を引き離し、周囲の様子をうかがうのは、ひと苦労だった。ルイスの暮らしぶりを見ても驚かない覚悟だったが、彼の裕福さを実際に目にすると、ショックは抑えられなかった。

壁には派手な絵画が飾られている。ルイスの背後にある窓は美しいステンドグラスで、そこから光がもれている。どの壁にも絵が飾られ、小さな木ほどもある植物が部屋の隅に配置されている。広い居間には一段低くなっているところがあり、ソファなども置かれくつろげるようになっているのがちらりと見えた。

過去にお金目当ての女にだまされたせいで、ルイスが人を信用するのにかなり用心深くなっているのを、ホリーはいやいやながらも認めないわけにはいかなかった。

「こういう家を隠していたなんて、なんと見下げはてたやつだと説教するつもりなら、さっさとすませてくれ。そうとでもしなければ、大事な話が始められないだろう」

「とても立派な家ね」

「上着を脱いでくれ」

「なんですって？」

「妊娠の証拠を見たい」

「わたしが言ったことを信用していないの？」

「そうじゃない」ルイスは彼女に近づいてきてそっと上着を脱がせ、前に立ったまま、やさしく手を腹部に置いた。

いきなり触れられてホリーは驚き、目を丸くして彼を見つめた。

ルイスは一歩下がって手をポケットに突っ込んだ。こんなふうに触れると、自分の血を分けた子どもがこの中で育っているのが感じ取れた。それは初めての感覚だった。「そんな権利はないなんて言わないでくれ」

「わたしたちはもう……そういう関係じゃないのよ」ほんの一瞬触れられただけなのに、体が息を吹き返すのがホリーにはわかった。ホリーは彼から離れたが、心臓はどきどきしているし、顔は真っ赤にちがいないと思った。

ルイスは、ホリーを見ていると服を脱いだ姿を想像しないではいられなかった。さっきは腹部に触れただけだが、今度は目で見てみたいし、胸も見てみたい。先端は授乳に備えて色が濃く、大きくなっているにちがいない。

「あなたは……話がしたいと言ったわ、ルイス。だから――」

「飲み物をとってくる。食事は?」

「おなかはすいていないわ」

「何か持ってこさせよう」

「いいのよ、べつに……」

「ぼくが何か提案するたびに言い争いをしていたら、話が進まない。ぼくはきみに嘘《うそ》をついていた――それは忘れて前に進むんだ。今は状況が変わった。恨みごとを言っている場合じゃない」

ホリーは自分を弁護したくなるのを我慢した。言い争いは時間の無駄だ。ルイスの言葉は正しいけれど、彼女はそのよそよそしい冷たさがいやだった。ルイスが前に進んだのはわかっている。ホリーのほうは、いくら自分に言い聞かせても前に進めない。ルイスにとっては、解決策が必要な仕事上の問題のように対応するのが楽なのだろう――彼はビジネスマンだから、どんな問題にも解決策があると思っている。

「わかったわ」ホリーはなんとかそう答えたが、その声は高く、怒りがにじみ出ていた。ルイスは、さっき半開きのドアからちらりと見えた居間へと向かったので、ホリーもそのあとにしたがった。

色彩にあふれる居間は中央が一段低くなっていて、一方には世話の行き届いた植物が、もう一方には堂々としたソファが置かれている。背の高い窓にはたゆたうような長さの深いワイン色のカーテンがかかっていて、それがソファの豊かな色や中央のラグを引き立てていた。

ルイスはすぐにソファに座ってもたれた。ホリーが来たときは飲み物を楽しんでいたらしい。彼の前のテーブルには赤ワインのボトルと、氷水の入ったクリスタルのジャグ、そして彼女用のものらしきグラスが置かれていた。

「ぼくの人生は何も変わらないと言うつもりなら、それは時間の無駄だと言っておこう」ルイスの視線はレーザーのようにホリーの顔に据えられた。「ぼくの人生は二度と元には戻らない」

「わたしの人生だって同じよ！」

「だからこそ、このことを解決する方法を二人で見つけないといけない」ルイスは身を乗り出し、グラスにワインをついだ。彼は午後ずっとこの件を考え続け、冷酷な結論に達していた。それはホリーと結婚しなければいけないということだ。ほかに選択肢などない。彼は歴史ある一族の出身だ。ホリーは、形式ばらない取り決めさえあればいいと思っているかもしれない。彼が時間のあるときに子どもを訪ね、訪ねられないときにはテレビ電話で子どもと話すというようなものだ。だが、そんなやり方でうまくいくはずがない。

「簡単にいかないのはわかっているわ。でもこれは特殊な状況というわけじゃない。あなたはいつでもうちに来て……充実した時間を過ごせばいいわ。わたしは邪魔しないし、協力するつもりよ。逆にあまり関わりたくないなら、それでもいいの。あなたが恋人との新生活を始めたのは知っているし、何かしてほしいなどと期待はしていないから」

ルイスは首を一方に傾けた。ホリーが言っていることを真剣に聞いているように見えた。

「だめだ」

「だめだですって？　どういう意味？」ホリーはわけがわからなくなって彼を見つめた。考えつくかぎりの選択肢を提案したが、ルイスはそのどれを否定しているのだろう？　ほかに選べる道などないことがわからないのだろうか？

「どの選択肢もぴんとこない」ルイスはため息をついた。ホリーが〝玉の輿《こし》〟という選択肢を無視しているのが信じられなかった。

「どういうことかわからないわ」

「言い方を変えよう。ぼくに関するかぎり、唯一の選択肢はきみとの結婚で、ほかの道は考えられない。もちろん婚前契約にサインしてもらうが、経済的な面ではきみに不自由はさせない。想像もつかないほどの金持ちになると考えてもらっていい」

ホリーは、まるで彼がこれから月まで飛んでいくと言ったかのようにじっと見つめた。きっと聞きまちがえたのにちがいない。結婚？　婚前契約？

怒りのあまり頭に血が上ったが、ホリーは落ち着きをなくすまいとした。

「無理よ、ルイス」

「そんなはずはない」

「いいえ、本気よ。あなたの嘘も、わたしをお金目当てだと決めつけたことも許せない。そのうえ、落ち着き払って婚前契約の話をするなんて！　それがすべてを物語っているわ」

「きみが気に入ろうと入るまいと関係ない」ルイスの口調からは、絶対に折れないという意志が感じられた。「ぼくも当事者なんだ。自分で望んでそうなったわけじゃないが、責任は果たすつもりでいる」

「責任なんて感じなくていいのよ！　子どものために責任感で結婚するような人と結婚なんてできないわ」ホリーは怒りのあまり立ちあがり、居間を歩きまわりだした。華やかなペルシャ絨毯《じゅうたん》に視線を落としていたせいで、ぶつかるまでルイスが目の前にいるのに気づかず、彼女はとびすさった。

ルイスの手が自分の体を支えているのに、ホリーはほとんど気づかなかった。彼の黒い瞳の深みから目が離せない。呼吸が速くなるのがわかる。身を焦がす炎に引き寄せられる蛾《が》のように、ホリーの唇が開いた。彼の手はまるで愛撫《あいぶ》するかのようだ。足が勝手にルイスのほうに近づいていき、二人の間の距離はほとんどなくなってしまった。

「きみに感じているのは責任だけじゃない」ルイスはかすれた声で言った。

ホリーはうめいた。その低い声は彼女を揺り動かした。それは理性を失った者の声だった。

眠っていたルイスの性的な衝動が息を吹き返し、すべてをのみ込んだ。唇に彼女の唇を感じたとき、それは天の恵みのように思え、彼は自分のすべてをそのキスに注ぎ込んだ。ルイスは同時に、震える手でホリーのドレスの下を探った。その体は、彼の手の下でサテンのようになめらかで、すばらしいなじみ深さをたたえているはずなのに、まるで初めて触れるような気がした。

下着からあふれんばかりの胸は重く、彼は巧みにブラをはずした。親指がその先端を見つけたとき、ルイスはうめき声をこらえてそれを撫《な》でた。彼の頭には、ここに唇をつけ、味わいたいという思いしかなかった。

「きみを見たい」その声はかすれ、荒々しかった。

「だめよ……」ホリーはもう何も考えられなかった。ルイスの目に欲望の炎が燃えているのを見て膝から力が抜けそうになったが、ホリーもまた彼を強く求めていた。いけないとわかっていても、体に広がっていく喜びの波を押し返すことはできない。彼女は大きな深紅のベルベットのソファのほうにゆっくりとあとずさりして、ソファに脚があたると同時に膝から力を抜いた。恍惚《こうこつ》の中でソファに沈み込むと、彼の手がワンピースの上のボタンをはずすのを見て息が止まりそうになった。ホリーはしぶしぶながらも降参するかのようにうめき声をもらした。そしてルイスがあらわになった彼女の胸を見つめ、妊娠した体の豊かな曲線を視線で味わうのを見て、ぎゅっと目を閉じた。

ホリーはこれまで彼に抵抗できなかったし、今もそれは同じだ。ルイスは荒々しいほどの満足感を覚えながらそう思った。口では文句を言いながら、一度触れただけでとろけてしまう。高まりがジーンズのファスナーを押しあげていたが、ルイスは信じられないほど美しいその曲線をじっくり味わおうとした。

彼は気まぐれな性の衝動については考えまいとした。わかっているのはホリーがほしいということだけだ。ホリーは彼の子どもを身ごもっている！　それがふいにエロティックな思いをかきたてて、頭がくらくらした。これまで子どもを持つことは考えたことがなかったが、自分の男らしさの証明を目の前にして、彼はあからさまな誇りを感じた。

ホリーの腹部に手をすべらせたルイスは、その丸みの官能的な感触に驚いた。この手の下に生命の神秘が隠されていると思うと、圧倒されるような気がした。ホリーを奪うことだけを考えていたそのとき、ドアベルの音がした。

すばらしい感覚の渦に深く沈み込んでいたホリーは、誰かが玄関に訪ねてきたと理解するのにしばらくかかった。現実がよみがえり、彼女は肘をついて起きあがった。ルイスの愛撫にこんなにもあっさり身をまかせてしまった自分に驚いた。いったい何を考えていたのだろう？

彼はお金にしか関心のない男だ。嘘をついただけでなく、結婚前に婚前契約をかわしたいと言い出して、彼女を信用していないことを見せつけた。自分から連絡をとろうともせず、彼女が会いに行かなければ二度と顔を合わせることもなかっただろう。厄介な状況に引きずり込まれた今、そこから抜け出すためには結婚するしかないと、まちがった義務感から考えるような男だ。なのにホリーは、少し誘われただけで彼の腕の中に飛び込んでしまった。

ルイスが結婚を望むのは、彼女が身ごもった子どもがほしいからだ。ホリーは彼のプロポーズを断った。彼女をベッドに連れ戻せば、言葉では失敗した説得にも成功すると思っているのだろうか？

もう何週間も自分からは連絡をとろうとさえしなかったのに、急にこんなことをされても、とても信用する気にはなれない。

恥ずかしさと落胆のあまり言葉を失っていたホリーは、ふいにルイスには、魅力たっぷりの恋人、セシリアがいたことを思い出した。ドアベルの音がいっそうしつこさを増したのを聞いて、ホリーはあの脚の長いブルネットのことを頭に浮かべた。

ホリーを見ていたルイスは、彼女が何を考えているのかすぐに読み取り、小声で毒づいた。

「無視すればいい」ルイスは、ホリーに逃げ出すチャンスを与えなければ、また元の関係に戻れると考えていた。

「信じられない」ホリーは身をよじり、急いでワンピースを元に戻すと、ルイスの下から抜け出そうとした。

「ぼくを責めるのはどうかな。きみが服を脱いでぼくの下にいるのは、頭に銃を突きつけられたからじゃない」

「わたしにだって……自尊心くらいあるわ……」

「はっきり言えばいい――ぼくと愛し合いたいからだと。恥ずかしがることなんかない」またドアベルが鳴り、ルイスは怒ったように体を起こした。その間もホリーは必死に服を直そうとした。

ホリーが髪をかきあげていると、木の床にヒールの音が響いた。ドア口に目をやったとき、これまで見たこともないほど美しい女性が見えた。生きて、息をしている着せ替え人形が、ホリーをじっと見下ろしている。

セシリア・フォロン。粒子の粗いネット上の写真より、百万倍もゴージャスだ。スレンダーな背中に流れ落ちる長い髪は、乱れ方さえ計算されつくしている。鮮やかな赤いニットのドレスは、かろうじて腿にかかる長さだ。片方の肩に高価なコートを引っかけている。

つかの間、二人はそれぞれの理由で黙ったままだったが、セシリアが先に沈黙を破り、甲高いポルトガル語で怒り出した。心が読めなくてもその言葉の意味はわかった。ホリーは恥ずかしさで顔を真っ赤にして急ぎ足でドア口に向かったが、恋人と顔を合わせても平然としているルイスのほうは頑として見ようとしなかった。彼が命令するように片手を上げると、早口のポルトガル語がぴたりとやんだ。

「どうやら約束したのを忘れていたようだ……こういう事情ではそれもしかたがないが」

ホリーが深く息を吸い込んでセシリアに手を差し出すと、セシリアはその手を軽蔑するように見下ろした。「あの……お会いできてうれしいわ」ホリーは差し出した手を戻し、咳払《せきばら》いした。「わたしは……ホリー」

この挨拶のせいで、またヒステリックなポルトガル語が始まった。するとルイスが冷たくさえぎった。

「英語で話してくれないか、セシリア」

「あなたは何者で、ここで何をしてるの？」

「いえ、もう帰るところよ」

「ぼくはそうは思わない」ルイスの声は穏やかで断固としていたが、ホリーは無視した。

「ここに来たのは……」

「セシリア、状況が変わったんだ」ルイスはセシリアのほうを向いた。ヒールをはいた彼女は百八十センチを優に超えていて、ホリーはまるで自分が小さな子どもになったような気がした。「明日電話で説明するから、今日は帰ってくれないか？」

「何があったのか聞くまで、どこにも行く気はないわ!」セシリアの早口でなまりのある英語は敵意に満ちていた。

「何もないわ」ホリーはあわてて言った。「ルイスと少し話があっただけなの。もう帰るところよ」

「話って?」

ルイスは、長いため息をついてセシリアを自分のほうに向かせ、ポルトガル語で話した。その声は低く穏やかで、感情をむき出しにするよりずっと効果があった。

ホリーは、セシリアが目を見開き、唇を引き結ぶのを眺めた。ホリーは自制心を失ったことが恥ずかしくてたまらなかった。自分の存在を消してしまいたがっているかのように、じっと床を見つめ、ルイスとセシリアが話す間、身じろぎ一つしなかった。

ようやくセシリアが家の外に連れ出されていったとき、ホリーは安堵《あんど》のため息をついた。そしてこの短い時間を利用して持ち物をまとめ、ルイスが戻ってきたときにはすぐに出ていけるようにしていた。

「彼女に何を言ったの?」ホリーはぶっきらぼうにたずねた。

「どこへ行くつもりだ? 話し合いはまだ何も終わっていない。セシリアには、もうおしまいだと言った」

「わたしのせいで?」

「くわしい話はしなかったが、きみが乱れた服装のまま目の前にいたから、自分で結論を出したんだろう」

「恋人がいるのに、どうしてわたしを誘惑したの? 考えただけで気分が悪くなるわ」ルイスが最後にセシリアと愛し合ったのはいつだろうと思うと、ホリーはいっそう気分が悪くなった。昨日? おととい? ルイスは性的な衝動がとても強い男性だ。ほかの女性に触れた手で自分に触れたと思うとホリーは耐えられなかった。今のルイスとの関係を考えると、強い嫉妬を抱いてしまった自分にも衝撃を受けた。

ルイスはためらった。セシリアを追い出したのは冷たかったかもしれないが、たいして苦しくもなかった。ホリーの不在がもたらした奇妙な穴をセシリアの存在で埋めていた自分がいやだった。いくら条件にぴったりでも、セシリアは彼が求める女性ではない。なぜそれがわからなかったのだろう。

「セシリアとのことはもう関係ない。大事なのは、今直面している問題の解決策を探ることだ。だから……」ルイスはラウンジのほうにうなずいてみせた。

ホリーはためらった。言うべきことは言ったのだから、また一から話を蒸し返すつもりはない。さっき彼の腕の中に身をゆだねてしまったのは一時の気の迷いでしかなく、二度と起きないことをルイスにわからせたい。ホリーはしぶしぶ上着を脱ぎ、彼のあとについて居間に戻った。

「恋人と別れる必要はなかったのに」腰を下ろして彼と向かい合ったホリーは、最初にそう言った。

「彼女との仲を壊すつもりはないと言ったのは、そのとおりよ」

「もしそうだとしたら、きみはぼくよりずっと進歩的なんだな」ルイスは頭のうしろで手を組んだ。

「自分の子どもを身ごもった女性がいるのに、別の相手とつき合うのは無理だ」そして手を膝に戻し、身を乗り出した。「この件でぼくにさからうのはやめてくれ。結婚しか解決策はない。ぼくはパートタイムの父親になるつもりはないし、子どもから二人の親を持つ権利をとりあげるのはモラルに反する」

「でも子どものためだけに結婚するのは正しいことじゃないわ。あなたはわたしと真剣な関係になることを望まなかったし、信用もしていない。それに目をつぶって結婚しろというの？」

「どういう理由で子どもができたにしろ、これは二人で解決すべき問題だし、意見の相違を埋めなくてはいけない」

ルイスと話すのは壁と話すようなものだと、ホリーは絶望的な気持ちになった。それでも折れるつもりはなかった。究極の犠牲を払わなくても愛情あふれる親になることはできるはずだ。もしこの命が宿らなければ、ルイスはセシリアと結婚する計画を立てていただろう。ところがこうして彼女に縛りつけられてしまった。彼の中に恨みの感情が芽生えるのも、そう先のことではないはずだ。

「だからって結婚しなければいけないことにはならないわ。互いを縛りつけなくても責任ある親になることはできるのよ。いっしょにいてみじめな思いをするより、離れていて幸せなほうがいいわ」

ルイスは、はんの三カ月前まで二人の関係を真剣なものにしようとしていたホリーが、どこまで本気でこんなことを言っているのかわからなかった。だがあの頑固な顔つきを見ると……。

ルイスは、よかれと思ってついた嘘がどんなに大きな傷を残したか、初めて理解した。

「まるでぼくと結婚するのが苦痛みたいな言い方じゃないか」ホリーが折れないのが不満で、ルイスは歯を食いしばって言った。「二人の間にはもうなんの欲望も残っていないなんて言わないでくれ！」

「きっとそう言い出すだろうと思っていたわ」ホリーは苦々しく言った。ルイスにとってはセックスがすべてなのだ。彼女が将来を思い描き、結婚や赤ちゃんのことを夢見ているのをよそに、ルイスは彼女を慰みものあつかいにした。なんでも言うことをきく慰みものに。

「たしかにあなたのことは魅力的だと思うわ。女ならみんなそうでしょう。でもそれだけでは足りないの」ホリーは目を伏せた。では、何があればじゅうぶんなのか？

ぶんなのだろう、と疑い深い心の声がした。どんな結婚でも、うまくいく保証はない。

ホリーはそんな声に耳をふさぎ、静かに続けた。

「二人とも幸せになる権利があるわ。あなたが恋人と別れたのはまちがいよ。いつの日かわたしも魂の伴侶を見つけるだろうし、たとえいっしょにいなくても、別々の場所で幸せな両親の子どもでいるほうが、この子にとってもいいことだわ」

ルイスは、ホリーのこの言葉を聞いて怒りがこみあげるのを感じた。彼が過去に何を言い、何をしたとしても、たいていの女性ならこの結婚の申し込みに飛びつくだろう。二人が互いに手を触れずにいられないのもうれしいボーナスだ。なのになぜホリーは強情を張るのだろう？　そして、魂の伴侶とはいったい誰のことを言っているのだろうか？　つい最近までは、彼がその魂の伴侶だった。なぜホリーはくだらないプライドを捨てて、彼が正しいという事実を認めないのだろう？

「セシリアとの関係を終わらせることに後悔は感じない。きみのこととは関係なく、彼女とは別れていたはずだ」

「そうなの？」ホリーは、好奇心をあらわにしてしまった自分を殴りつけたいと思った。「でもあの人はあなたにぴったりだわ。あなたは資産家の女性を探していたはずよ……」

「同じ話を蒸し返すのはやめてくれ。きみが結婚したくないとなると、いろんな問題が起きる。ぼくにヨークシャーまで通えというのか？」

「ずっとそうしていたじゃない」ホリーは喜びに満ちた週末を思い出し、胸に鋭い痛みを覚えた。

「週末だけだ。ぼくは週末だけではものたりない。でも平日に二時間もかけて移動するのは大変だ。それに子どもが学校に行くようになったらどうなる？いちばん近い学校までどれぐらいかかる？　冬はほとんど雪に閉ざされるような辺鄙《へんぴ》な場所に住んでいたら、ちゃんと学校に通うことなどできない」

「先走りすぎだわ」

「ぼくは無理のない妥協点を見つけたいと思ってるだけだ。犠牲も必要だ。結婚したくないと言うなら、自分の意見にばかりしがみついていないで、多少は妥協してほしい」

「わたしは都会には住めないわ」

「ぼくはヨークシャーに通うのは断る。現実的ではないからだ」ホリーが強硬な態度を崩さないなら、こちらも同じようにするまでだとルイスは思った。

「どうしてそんなに理不尽なことばかり言うの？」

でも、本当に理不尽だろうか？　同じ状況に置かれたとき、ここまで寛大な申し出をする男性は多くはないだろう。ルイスは自分の人生を変えるつもりこそないが、どんなに大変でも、未来への責任を自覚している。それに引き換え彼女は、自分が受けた心の傷がまだうずいていることにこだわっている。ホリーはため息をつき、肩を落とした。「引っ越すのは無理よ――うちの動物たちはどうなるの？」彼女は小声で言った。

「きっと手段があるはずだ」ルイスは折れなかった。

「来週は海外に行く。その間、考えておいてくれ。きみは何も変わらないと思っているが――変わらないものなどないんだ」

6

ロンドンでのひと騒動のあと、静かな田舎に戻ってきても、期待していたような落ち着きは戻らなかった。悩みが多すぎるのだ。ルイスなんか大きらいと自分に言い聞かせても、つき合っていたときと同じようにどうしようもなく惹《ひ》かれているのはわかっていた。時計を戻して彼を愛することができれば……。でも心の中のしつこい声は言っている。彼に対してもう気持ちがないのなら、理屈にかなったプロポーズを受け入れられないのはなぜなのか、と。なんの感情も持っていないのなら、ルイスと同じように、このことを冷静で現実的な目で見られるはずだ。

今の住まいがルイスにとって不便なのは認めざるをえない。友だちや保護施設を捨てるわけにはいかないけれど、妥協も必要だという思いがホリーの肩に重くのしかかった。

「何も考えずに結婚すればいいじゃないか」コテージに戻ってきた翌日の夜、悩みをすべて打ち明けたとき、アンディはそう言った。昼間どんより曇っていた空が星空へと変わるころ、二人はキッチンのテーブルで話した。窓からは大地を照らす満月が見えた。真冬になればここは何日も雪で閉ざされる……。そうなればルイスはどれぐらい子どもに会えるだろう？　一時間？　二時間？　妥協しなかったことをずっと責められるだろうか？

「メリットとデメリットを考えてみよう。彼は最高に魅力的だ……正直言って、きみがいらないならぼくがほしいくらいだよ」アンディは自分のジョークに笑った。「でも子どもとなると……こんな人里離れた場所じゃ、理想的とは言えないな。病気になったとき、医者をつかまえるのだってひと苦労だ。学校が終わってから友だちを家に誘うことだってあるよね。帰る時間になって雪が降ってきたらどうする？」

「あなたは味方だと思っていたのに」

「頑固だからってご褒美がもらえるわけじゃない」

「頑固じゃないわ。わたしにはここで暮らす権利があるの。知っている人もいるし、生活もある。わたしがいなくなったら保護施設はどうなるの？」

「動物たちが荷物をまとめて出ていくとは思えないね。現実的な提案をすると、このコテージも土地も売ることができるし、いい値段になるよ。それから、一つきみに言おうと思っていたことがあるんだ」

ホリーは探るようにアンディを見た。彼は汚れた作業着からチェックのシャツとブラックジーンズに着替えていた。彼女の目を避けてカウボーイブーツの先を熱心に見つめているアンディが、ホリーは気に入らなかった。

「マーカスのこと、覚えてる？」

「あなたの失恋相手を忘れるわけがないわ」

「トロントから戻ってきたんだ。ずっとメールしててね。うまくいかないかもしれないから、真剣に考えないようにしてきたんだけど、マーカスは向こうの仕事を辞めて、ロンドンのガイズ病院で研修医になることにしたらしい」

「それで？」だがホリーにはもう話の先が見えていた。アンディとマーカスはつき合っていたが、マーカスはその後一人でトロントに移ってしまった。アンディがいっしょに行くのを拒んだからだ。けれども、こうしてやり直すチャンスが訪れ、アンディはロンドンに行くつもりだ。

彼女は一人になる。ほほえみ、話をうながすようにうなずきながら、ホリーはこれからの計画を語るアンディに耳を傾けた。二人は家を見に行った。アンディは教師の仕事を考えている。ホリーの心は曇った。アンディがいなくなれば、保護施設は今のようにはいかなくなる。それでもホリーは、ルイスに降伏するのだけが唯一の選択肢だとは思いたくなかった。

ホリーは考えずにいられなかった。ルイスは正しいことをするつもりでいるけれど、いつまでそれを続けられるだろう。彼女を愛していないのだから、ずっと誠実でいてくれることは期待できない。ルイスがおおっぴらにしないかぎり、セシリアのような女性と関係を続けるのが二人の暗黙の了解になるのだろうか？　ルイスは、結婚しないよりは偽装結婚のほうがましだと思っているのだろうか？

アンディとの別れが迫ってきたせいで、現状に対する疑問が増えてしまい、ホリーは眠れない夜を過ごした。そして翌日、敷地内の犬たちが吠《ほ》える声で起こされた。

急いで服を着て階段を駆け下り、玄関のドアを開けると、柵の前に三台の車がばらばらに停《と》まっているのを見てホリーは驚いた。手伝いの女性たち、クレアとサラが、五人ほどいる男性たちとぎこちなく話をしている。ドア口に立ったまま、どういうことなのか頭を整理していると、皆がこちらに気づいた。

車がさらに二台、曲がりくねった道をスピードをあげて走ってきて、止まるのを待たずにドアが開いた。いったいどういうことなのかホリーにはまだわからなかった。クレアとサラが全速力でこちらに走ってきた。

「隅に置けないわね！」クレアが笑った。「億万長者と結婚するなんて、ひと言も言っていなかったじゃない！」

声高に次々と質問を浴びせられて、ホリーはようやく事態をさとった。彼女はクレアとサラを家の中に引っぱり込み、ドアをばたんと閉めて、アンディに電話した。いたるところにレポーターがいるから来ないように、と。

興奮するアンディをよそに、ホリーはそれどころではないと思った。事情を簡単に説明すると、クレアとサラも興奮を抑えて押し黙った。ホリーが居間のカーテンを閉めたので、三人は薄暗がりの中で肩を寄せ合った。レポーターたちはこの意思表示を読み取って帰っただろうか？　ホリーにはわからなかった。

こうなるといつものように仕事をこなすのは問題外だ。パパラッチの恐怖を身をもって経験したホリーは、しぶしぶながらもセレブたちに同情した。

彼女は怒りをつのらせながらキッチンに向かい、ブラインドを下ろしてプライバシーを確保した。これから電話をかけなければならない。

三度目の呼び出し音でルイスが出た。ホリーは単刀直入に状況を説明した。

「外に出ることもできないのよ！　全部あなたのせいなんだから、あなたがなんとかしてあの人たちを追い払って！」

大西洋の向こう側にいたルイスは、ホリーの口調にパニックの気配を聞きつけてはっとした。この連絡を受けてもいらだちは感じなかった。予想していたからだ。

「パパラッチはぼくの人生の悩みの種だ」ルイスは窓辺に歩いていき、ニューヨークのセントラルパークのすばらしい眺めを見下ろした。この街は誰も眠らないかのようだ。ルイスはいつもそれを魅力的だと思ったが、今はロンドンがなつかしく、ホリーに目の前に突きつけられた問題を解決するのが待ちきれなかった。

「そんなことはどうでもいいわ！　あの人たちはどうしてここにいるの？　わたしたちのことをどうや

ってかぎつけたの？　あの人たち、妊娠のことを質問してきたのよ。あなたが教えたの？」

「ちゃんと座っているのか？」

「あなたはまるでこたえていないのね！」ホリーはルイスの言葉を無視した。彼女は怒鳴らんばかりだというのに、ルイスの声は落ち着き払っている。それもそのはずだ。マイクを持った集団に追いかけられているのは彼ではないのだから。クレアとサラはいつまでもここにいるわけにはいかない。外に出たらレポーターに追いかけられ、つかの間のスポットライトを楽しむかもしれない。そうなればホリーの話はあっという間に近隣の村や町に広まるだろう。ここでは誰もが彼女の知り合いだし、親のことも知っている。プライバシーが侵害されると思うといやでたまらなかった。

「うるさいレポーターには慣れている。対処法も身につけたよ」

「対処法？」

「無視するんだ。質問されたら、〝ノーコメント〟で通せばいい。いずれ飽きてあきらめるさ」

「言うだけなら簡単だわ。それに、どうやってあの人たちがここを見つけたのか、まだ答えを聞いていないけど」

「おそらく、セシリアからの別れのプレゼントだろう」ルイスはパパラッチが殺到することを予想していた。ロンドンを発《た》つ数時間前にセシリアから電話があり、セレブのニュースを追いかけているジャーナリストをはじめ、数人の友人に打ち明け話をしたと言われたのだ。二人の破局を聞いて、そのジャーナリストの好奇心に火がついたのだとルイスはすぐにぴんときた。セシリアは妊娠のことなど知らないはずなのに、直感で大当たりにたどりついていた。

〝あなたがあんなに太った人とつき合うはずがないわ〟セシリアは意地の悪い言い方をした。〝ということは、あのばかな雌牛は妊娠しているのね。せいぜい自己嫌悪に陥らないようにね、ルイス！　わたしを手に入れることもできたのに、あなたからお金をむしり取ろうとする女を選ぶなんて。あなたの家族が聞いたらどう思うかしら？〟

家族はまだ知らないが、それも時間の問題だ。わざわざこちらからそのニュースを知らせることを思うと、ルイスは楽しみどころではなかった。姉妹は彼をばかにするだろうし、ホリーをクラリッサと比べるだろう。母はそこまでは言わないはずだが、結婚の予定がたっていないと知ったら驚くだろう。

「どうしていいかわからない」電話口でホリーが言った。「外に出られないから動物たちの様子を見ることもできないのよ。クレアとサラが居間にいるんだけれど、ずっとここに閉じこもっているわけにはいかないわ。アンディには来ないように言ったの」

「今ごろがっかりしてるんじゃないか」ルイスはアンディのことをよく知っていた。少しでもカメラを向けられればきっと得意になるはずだ。「動物の世話はクレアとサラにまかせればいい。二人には口止めしておくんだ。注目されていい気分になるだろう。二時間ぐらいしたら帰ってもらえばいい」

「どうして二時間後なの？」

「世界の反対側にいたら、すぐに奇跡を起こすのは無理だからだよ」

「奇跡なんて頼んでいないわ！」

「ぼくが国外にいることを知っていながら、プライバシーを侵害されたといって電話してきたのはきみだ。心の底では、ぼくが問題を解決するのをあてにしているということだよ」

彼をあてにしている？　一人で生きていく道を探っているのに？　頼みもしないのに妊娠した彼女にみずから縛りつけられてもいいと言ったルイスの申し出を断ったのに？

「あてにしているとかしていないとかの問題じゃないわ。うちの土地にレポーターが押しかけてきて、写真を撮ったり、わたしたちを質問攻めにしたりしているのは、わたしのせいじゃない。ゴシップ欄に載るような生活を送っている有名人はあなたのほうよ。あなたに電話したのは、あなたがいなければこんなことにならなかったからよ」

「何が言いたいんだ?」

「家のまわりをうろついている人たちが気に入らないってことよ。あなたに出会わなければよかった」

最後のわずか数語の言葉が、ホリーの胸に深く迫ってきた。沈黙が流れ、彼の顔が見えないせいで緊張感が高まった。

それでもホリーはその言葉を引っ込めなかった。自分が操り人形ではないことをルイスに思い知らせたい――そして、心から彼を慕ったホリーは今ここにいるホリーとは別人だということも。

不満を爆発させるホリーに、ルイスは怒りのあまり寒々とした気分になった。それでも、いやおうなく理性が働いたせいで彼は認めざるをえなかった。もし二人が出会わなかったら、ホリーは今ごろ地元の男と結婚していただろう。毎週金曜には仲間とパブに行き、地元のサッカークラブの試合を見るためにシーズンチケットを買い、陽光輝くスペインのどこかで二週間の休暇を過ごすために金を貯《た》めるような男と。

そんな男と結婚したほうがホリーはずっと幸せだったにちがいないと思うと、ルイスはどうしようもなくいらだたしかった。ホリーには忘れられない夜を与えたし、体を喜びで沸きたたせてやった。さまざまな会話を楽しみもした――それでも、嘘《うそ》をついたという事実の前には、すべてはもうがらくたも同然なのだ。有名な億万長者というプレッシャーから自由になって、どんな女性にも差し出したことのないものをホリーに与えたのに、彼女はよそよそしい声で出会わなければよかったと言った。

ルイスは、彼の妻になるチャンスに飛びつかない女などいないと言いたかった。

「この件に関係しているのはきみだけじゃないことを思い出してほしい。ぼくの人生もめちゃくちゃなんだ。だが互いを責める言葉を投げつけ合っても何も解決しない」

ホリーは彼の真意を一瞬で理解した。もしルイスが彼女と出会ってベッドをともにしなければ、すでに終わったはずの悪夢のような異次元の世界に連れ去られることもなかったのだ。ホリーは言い出したのが自分だとはいえ、彼の告白に深く傷ついた。彼女の口の中は綿を詰め込まれたようで、目は涙で熱く痛かった。

「そうね」ホリーはぎこちなく答えた。

「だからバッグを二つほど詰めて、アンディにあとで動物の世話に来てほしいと頼むんだ。誰かを迎えに行かせる。荒野を突っ切ってコテージの裏まで行ける砂利道を使わせよう。ニコラスという男に、到着直前に電話をさせる。そうしたらクレアとサラを外に出すんだ。レポーターが二人に気をとられている隙に、きみは裏口からこっそり抜け出せばいい」

「スパイ映画じゃあるまいし」

「それならパパラッチと対決するんだな。明日のタブロイド紙に載ることになるが」

「こんなこと、今まで一度もなかったのに」

「週末ごとにやってくる男の話より、億万長者のエリートビジネスマンと、セレブの知り合いが多い捨てられた元恋人と、田舎で動物の世話をする妊娠した愛人の話のほうが売れるからさ。レポーターは、何かあると思わなければ追いかけたりしない」

「次はなんなのかしら――スポットライトから逃げ出すために自分の人生を捨てたら、今度は何が起きるの？　いつになったらここに戻れるの？」

ルイスは唇を引き結んだ。〝捨てる〟というのは感情的な言葉だ。彼のことなど必要ないと、もっとはっきり言うことができないのかもしれない。ホリーがどう思っているにしろ、彼も当事者であり、すぐに逃げ出すつもりはなかった。

「すぐには無理だ」ルイスは単刀直入に言った。

「それはどういう意味？」

「この件にはメロドラマの要素が全部詰まっているし、ゴシップ欄はメロドラマが大好きだ。セシリアのことだ、ぼくを苦しめるためなら喜んで火に油を注ぐだろう。保護施設がレポーターに踏み荒らされることにも慣れておいたほうがいい」

「わたしがいなくなれば、あの人たちだって飽きるわ」

「そしたらきみの居所をかぎつけて、ロンドンまで追いかけてくるだろう。売れると見込んだねたを追いかけるレポーターがどんなにしつこいか、きみにはわからないだろう」

ホリーの不安はどんどん大きくなった。ルイスの言うとおりだ。いつか普段の生活を取り戻すことはできるだろうか？

「ぼくの家に来ればいい。ぼくもすぐにアメリカを発つつもりだ」

「でも、動物たちはどうすればいいの？」

「アンディや、きみのチームの面々が砦《とりで》を守ってくれるだろう。皆有能だからね。ああ、それからパスポートも忘れずに持ってくるように。パスポートは持っているね？」

「もちろんよ！」

「よし、じゃあ持ってきてくれ」

「でも、どうしてパスポートなんか……」ルイスがもう切ると言ったので、その問いに対する答えは返ってこなかった。ホリーは落ち着かない気分のまま取り残された。

カーテンの隙間からこっそり外をのぞくと、レポーターたちは長期戦を覚悟して車に戻り、たばこを吸ったりしゃべったりしている。おかげで動物たちは落ち着かず、犬は吠えているし、あひるは鳴きわめいている。

クレアとサラは興奮のあまり浮き足だっていた。二人ともレポーターには何ももらさないと約束してくれた。

この状況ではルイスの言ったとおりにするしかない。二つのバッグに荷物を詰めながら、ホリーはどうしてこんなことになったのだろうと考えた。ルイスとの関係をもっと深いものにしようなどと思わなければ、今ごろどうなっていただろう。そろそろ潮時だからまともな結婚相手を探そうと考えるまで、ルイスは一途《いちず》に尽くす彼女の愛情を楽しんでいただろうか？

今の彼女は、人生を邪魔されるのに耐えられず、しかたなくルイスの言うとおりにしようとしている。まるで悪夢だ。三時間後、ルイスの腹心の部下のニコラスが迎えに来たとき、ホリーは頭が割れるように痛かった。

サラとクレアは、おとりとしてレポーターの気を引く役割にスリルを感じていた。まるで映画のひと幕のようだ。この計画はうまくいき、それからの一時間半、ホリー自身も映画の中にいるような奇妙な感覚を持った。荒野を突っ切り、ヘリコプターに乗り換え、最後に無言の運転手がルイスの自宅まで送ってくれてこっそり中に入ったが、すべてが現実とは思えなかった。でもいったん家の中に入ると、守られているという安心感があった。携帯電話にルイスからメッセージが残されていて、翌朝早く到着するとのことだった。

会ってから話を続けよう、とルイスの伝言にはあった。彼が戻ってくるまで、ホリーは邸宅の中を見てまわった。答えの出ない問いを考え続けるより、ずっといい気分転換になった。この前ここに来たときは周囲のものに気づかなかった。時間をかけてゆっくり部屋を見てまわると、そのすばらしさがよくわかった。家族の写真など、住人の個人情報をうかがわせるものは何もない。家全体を高級ライフスタイル誌に掲載しても、読者は所有者の人となりを推測することすらできないだろう。

冷蔵庫には食料がたっぷり入っていて、軽い食事をとったあと、ホリーは二階の客用寝室に行き、すぐさま深い眠りに落ちた。彼女は疲れきっていた。

数時間後に目を覚ますと、カーテンで弱められた日差しが隙間から差し込んでいた。横向きになったとき、ベッドのそばの椅子にルイスが座っているのが目に入った。

わけがわからず、ホリーはしばらく呆然《ぼうぜん》として彼を見つめた。今帰ってきたところだろうか？　ルイスは黒っぽいズボンに白いシャツを着ていて、シャツは肘までたくしあげている。その長い指が全身にくまなく触れるところが頭に浮かびそうになり、ホリーは奔放な空想を抑えつけた。今となっては無邪気そのものに思える時期がどうしようもなくなつかしく、ホリーはわっと泣き出したい衝動にかられた。

「いつからそこに座っていたの？」ホリーはベッドの上で起きあがった。

分厚いカーテンのおかげで、もう十時をすぎているのに部屋は薄暗かったが、ホリーの体の変化が見えないほど暗くはなかった。ふいに体の内に欲望が芽生え、ルイスは座ったまま身じろぎした。

「せいぜい五分というところだ」ルイスは立ちあがり、体を伸ばして窓辺に歩いていった。「起こそうと思ったんだが、きみはぐっすり眠っていた」

「疲れていたの」

「それも当然だ」ルイスはロンドンに戻るまでに真剣に考えた。そして、考えれば考えるほど、ホリーと結婚するのは当然の選択であり、最善の選択でもあるという確信が強くなった。ホリーが魂の伴侶がほしいというのを聞いて、彼は醜い事実に気づいた。もしその魂の伴侶とやらが現れたら、彼の存在は二の次になり、その見知らぬ男が我が子の将来の決定権を握ることになる。

さらにまずいことがある。我が子は当然彼の資産の恩恵を受けることになるから、ホリーは本人の意志とは関係なく裕福なシングルマザーになる。財産狙いのたちの悪い男がホリーに取り入ろうとしたら？

「妊娠しているうえに、レポーターたちに家から追い出された。そんな目に遭えば誰だってぐったりだ」

「あの人たち……まさかここまで……」

「強面《こわもて》の警備員を数人配置してある。誰も家には近づけない。それに、ぼくが質問に答えるような男じゃないことは彼らにもわかっている。だからこそ、きみがいい標的になったんだ」

「わたしは誰にもひと言も話していないわ！」

「彼らは聞き出すまであきらめないだろう。それが商売だから。アンディに電話して、状況を説明しておいた。当面は保護施設の仕事を引き受けてくれるそうだ。アンディがロンドンに移る予定なのはきみからは聞いていなかったな」

「アンディはマーカスとよりを戻したのよ」ホリーは、〝当面〟とはどういう意味だろうと思った。

「ああ、説明してくれた。大喜びだったよ。生活が落ち着くまで、ぼくの所有するアパートメントの一つを使っていいと言っておいた」

「アンディはうんと言ったの？」ホリーは裏切られたような気がした。

「言わないわけがないだろう？　相手が裕福だというだけで色眼鏡で見る者ばかりじゃないんだ」

ホリーは唇を引き結び、アンディの場合は話が別だと言いたくなるのをこらえた。アンディは嘘をつかれたわけでもないし、恋愛相手として失格だと言われたわけでもないのだから。

「話がそれたな。パスポートは持ってきたね？」

「ええ、でもなぜ必要なのか聞いていないわ」

「きみは、恋人なら二人でいっしょにどこかへ行くのが普通だと言っていたじゃないか」

「それは、二人に未来があると思っていたときの話よ。二人でお金を貯めて、海外へ行きたいと考えていたの。あなたにはお金を貯める必要がないなんて知らなかったから」

ホリーは顔を赤くした。愛する男がダンスに誘ってくれないと言って、怒っている女みたいな言い方はしたくなかったからだ。

「ごめんなさい。こんなことを言ってもどうにもならないってわかっているのに」

「パスポートが必要なのは、海外に行くからだ」

それはホリーの夢だった。二人だけの海外旅行……。本当なら準備の時間がたっぷり必要なはずだった。彼女には動物たちの世話の手配があったし、ルイスにはボスに休暇のスケジュールをかけ合う必要があると思っていたからだ。

こんな状況で、あんなに行きたかった旅行に行こうと言われるのは皮肉だった。

「海外には行きたくないわ」

「きみが決めればいい。マスコミのピラニアたちの餌食になりたいなら、そうしてくれ。ぼくは何を書かれても対処する強さがあるが、きみがそれほど強いとは思えない」

「わたしは昔みたいな弱虫じゃないわ」ホリーが冷たくそう言うと、ルイスの口元におもしろがるようなほほえみが浮かんだ。

「エネルギッシュ……楽観的……セクシー……きみのことを考えるとき、頭に浮かぶ言葉だ。だが弱虫だとは思わない」

ルイスの目に見つめられて、ホリーは全身が燃えあがるような気がした。頭の中には、ルイスにセクシーだと思われているという事実しかなかった。それが今わかったわけではない。彼が正体をいつわっていたのはたしかだけれど、体の関係で彼が見せた情熱はまちがいなく本物だった。ルイスからは距離を置き、心の壁を作らなくてはいけないとわかっていても、彼の手にかかると、体がとろけるような感覚を押しとどめることができなくなる。

「そういう意味じゃないわ」ルイスが頭を傾け、セクシーな笑みを浮かべてこちらをじっと見ているので、ホリーはかすれた声で言った。二人の間はひと部屋分ほども離れているのに、ホリーの体はまるで彼がすぐそばにいるかのように反応してしまった。

「どこへ行くの？」ルイスと二人きりで過ごすことなどこれまでたくさんあったのに、また二人きりになると思うとホリーは落ち着かなかった。

「誰も追ってこられない、のぞかれることもない場所だ。二週間もすれば、ほかにもっとおもしろいスキャンダルが出てきて、ぼくらの興味本位の噂話《うわさ》も下火になるだろう」

「強引に押しきられたような気がするわ」ホリーは長い間ルイスを相談相手にしてきたので、つい不安を口に出してしまった。ルイスは、無意識のうちに彼にしたがおうとするホリーを見て、強い満足感にひたっていた。

「信じてくれ」ルイスは自分の体を押しやるようにして窓から離れ、ドアへと向かった。「これが最善のやり方だ」

7

　二年近く愛していた男の秘密がたくさん明るみに出たのに、ホリーにはまだ知らないことがあるように思えた。家柄と資産以外にも、ルイスがひと言言えば物事がすみやかに動くことをホリーは知った。まるで、命令をすぐさま実行する軍隊を持っているかのようだ。

　一時間半ほど長い入浴を楽しんだあと外に出ると、たくさんある応接室の一つから話し声が聞こえた。体の関係はあるのに本当の暮らしぶりはほとんど知らない男性の家にいるのは奇妙で、とてもくつろぐ気にはなれなかった。コーヒーをいれるためにキッチンに入るのさえまちがっている気がした。キッチンにあるコーヒーメーカーは、工学の学位がなければ使えそうもないような代物だ。

　ソファに座ってテレビのスイッチを入れるのもはばかられた——居間のどこかにテレビが隠されているならの話だが。どちらにしろ、テレビを観《み》ている時間はない。ルイスと話をして、これからどうなるのか説明してもらわないといけない。話し声のほうに歩いていくと、家の裏手の広々としたガラス張りのサンルームに行き着いた。ホリーは目の前の光景を見て口をぽかんと開けた。

　椅子に座ったルイスが、小さなガラスのテーブルに置いたノートパソコンをぼんやりと眺めながら、ときどき二人の女性と話している。女性たちは衣類の詰まった箱やキャリーバッグから中身を出すのに忙しい。ホリーが入っていくとルイスはすぐに目を上げた。

「どうしたの？」ホリーは小さな声できいた。

「旅行用の服だ」ルイスがさりげなく女性たちのほうを指し示すと、二人は一瞬ホリーに好奇心のこもったほほえみを向けたが、すぐに作業に戻った。

「きみは店に行けないから、店のほうから来てもらった」二人が恋人同士だったとき、ルイスはホリーに何かを買い与えることはできなかった。だが今は、買い物に手を貸すのが楽しかった。彼は、ホリーがあっけにとられて感心しない表情を浮かべるのを見て、顔をしかめた。

「ルイス、いったいなんの話？　服なんかいらないわ。着替えなら持ってきたから」

ルイスは、いつになったらホリーの口から感謝の言葉が聞けるのだろうと思った。プライドから言っているだけなのか、富をちらつかせる彼にうんざりしているのか、どちらだろう？　きっとプライドだとルイスは思った。プライドでないとしたら、ホリーが今の彼を心底きらっているということになり、そうなるとルイスはいつか現れるホリーの魂の伴侶のことを考えずにいられなかった。

「これから行くのは暖かい場所だ」ルイスはそう言いながら隣の椅子を示した。「去年の夏服を持ってきたとしても、もう着られないはずだ」

ホリーはさっと二人の女性のほうに目をやったが、二人とも聞こえないふりをしていた。ホリーは人前で喧嘩《けんか》をしたくはなかったが、こんなことは性に合わないとルイスに言いたくてたまらなかった。

「大きめの服は全部持ってきたわ」ホリーはルイスにすすめられた椅子に座った。「どこに行くつもりなの？　これを全部試着しなければいけないの？」

「普通の女性なら、これだけの服を家に持ってこられたら大喜びするはずだが」ルイスは皮肉っぽく言った。

「わたしは普通の女じゃないわ」

「それは相当控えめな言い方だ。そう、試着してみるのもいいかもしれない」ルイスは椅子の背にもたれて長い脚を伸ばし、膝の上で軽く手を組んだ。「ファッションショーといこうか」

「冗談はやめて！」

「そんな怖い顔をしなくたっていい。ぼくの記憶がたしかなら、よくぼくの前で服を見せびらかしていたじゃないか」

ホリーの顔が真っ赤になった。ホリーの頭に、去年の雪の日の記憶がたちまちよみがえった。少し酔っていた彼女は、赤々と燃える暖炉の火の前で、彼のためにストリップショーを始めたのだった。

「昔の話をしても意味はないわ」

「昔が存在しないふりをするのも意味のないことだ」ルイスは二人の女性を手招きし、もう帰っていいと告げた。「買わなかったものは返却する。ボブ・ハーベイに、出張サービス分のチップをたっぷり払うよう言ってくれ」二人が部屋から出ていくと、ルイスはホリーに向き直った。「ぼくが雰囲気をよくしようとするたびに攻撃するのはやめてほしい」

「そんな言い方はずるいわ」

「ずるいかもしれないが、本当のことだ。さあ、服を着るのか、着ないのか？　好きなものを選ぶといい。ぼくからのプレゼントは受け取れないなどとむずかしいことは言い出さないでくれ。ぼくらの関係は新しい段階に入った。その流れに身をまかせてほしい」

ホリーはごくりと唾をのみ込んだ。ルイスと言い争っても無駄だから、そんなことはしたくない。でも、二人の間の距離が広がるなら、言い争っているほうが安全な気がする。

ホリーは立ちあがり、女性たちが持ってきたハンガーラックにかかっている色とりどりの服のほうへしぶしぶ近づいていった。そして振り返って言った。「わたしは派手な色は似合わないの」でも指先に感じるシルクや綿の感触はすばらしい。「あなたの前でショーはしないわ。以前よりずいぶん太ってしまったから……」

「きみは妊婦なんだ。妊婦はセクシーだよ」

ホリーはこのさりげない言葉を無視しようとした。ルイスは考えられるかぎり最善のことをしようと思っているからこそ、彼女をリラックスさせるために耳に心地よい言葉をかけてくれている。そう思うとホリーは落ち着かない気分になった。

言い返すのは我慢し、ホリーは着せ替えごっこにつき合うことにした。しぶしぶ服を手にとると、部屋の奥にしつらえられたついたてのほうに歩いていく。誰にも見られない、ゆったりした試着室になっていた。振り返ってルイスのほうを見ると、コンピュータの画面に集中している。体はあっても心はここにないのだろう。

ルイスが彼女の出てくるのをついたての向こうで待ちかまえているわけではないとわかったので、ホリーはリラックスして試着を楽しむことにした。彼女は服の入った箱を引っぱってきた。

認めるのはくやしかったが、試着がこんなに楽しいものだとは思わなかった。こんなにたくさんの中から選べるとなると、逆に選ぶのがむずかしかった。

服は、心配していたほど似合わなくもなかった。むしろ明るい色がよく似合った。れんが色、オレンジ、緑、さまざまな色合いの金色、どれも彼女の顔色をよく引き立たせた。ルイスはみずからこの色を選んだのだろうか？　なぜサイズがわかったのだろう？　ぴったりした服はなかったが、試着したものはちょうどいいサイズばかりだ。ルイスがわざわざそこまで考えてくれたと思うとうれしくて喜びがこみあげてきたが、ホリーはそんな気持ちを抑えようとした。

ホリーはついたての外に出た。そのサンドレスはふくらみつつある腹部を隠しながらも鮮やかでファッショナブルだった。

「どう思う？」これはごく普通の態度だと、ホリーは自分に言い聞かせた。ルイスがすぐそばに近づくたびに驚いたり逃げたりするのは普通とは言えない。ホリーはくるりとまわってみせた。

コンピュータ画面に目をすえて、服を脱ぐホリーの姿を頭から追い払おうとしていたルイスは、ようやく顔を上げた。薄い夏のドレスでは妊婦であることは隠せない。それでもルイスはこんなにセクシーなものは見たことがないと思った。自分の子どもがあの中に宿っているという男としての満足感があるのはたしかだが、ホリーの豊かな体はこれまで想像したこともないほどセクシーだ。あのドレスが透けているのに気づかないのだろうか？　いや、あの薄い生地の下が見えるのは、この部屋が明るいせいかもしれない。

ホリーは、彼が注文した水着を選ぶとき、ブラをはずしてしまったようだ。完璧な形の胸が見える。先端の黒っぽい部分ももう少しで見えそうだ。

「遠くからだとあまりよくわからないな」ルイスはノートパソコンをぱたんと閉じて、座ったまま背筋を伸ばした。「こっちに歩いてきてくれ」

「ショーはしないと言ったでしょう」

そう言いながらも、ホリーは彼の視線を一身に集めたときのことがなつかしかった。ホリーは彼のほうに向かってさっそうと歩き出した。サンドレスの生地はなめらかでやわらかく、肌に触れる感触は冷たくセクシーだ。

「どうかしら？」

「色がいい」

色がいい？　もっと個人的な感想をきいているのに、わからないのだろうか？

「似合うかどうかをきいているのよ」ルイスにお世

辞を言ってほしいわけではなかったが、反応が乏しいと妊娠した体が興ざめだからなのかと心配になってしまう。さっきは妊婦はセクシーだと言ってくれたけれど、いい人になって〝正しいこと〟をしようとしているのであれば、それも当然というわけね！

「とても……魅力的だ」ルイスは立ちあがり、ポケットに手を入れたまま彼女のほうに歩いていった。そして、ファッションデザイナーが服をチェックするように、ホリーのまわりをゆっくりとひとまわりした。彼は一歩下がって首をかしげ、ホリーを上から下までしげしげと眺めた。

「それは色がいいということね」

「ほめ言葉がほしいわけか」ルイスは、うれしい気持ちでそう思った。

「ちがうわ！　自分の……体型やサイズに合わない服を着て人から笑われるのがいやなだけよ。大きなおなかを無視して普段と同じ服を着続ける妊婦もいるけれど、ああいうのはきらいなの。ジーンズと短めのTシャツを着て、これみよがしにおなかを出すファッションはごめんよ」

「ぼくもそんな格好をさせる気はない」ホリーのふくらんだ腹部を見る者がいるとしたら、それは彼だ。たしかに彼はホリーのもとを去った。なぜなら先のない関係だとわかっていたからだ。なのになぜ、ホリーのみずみずしい体をじっと見る男のことを想像しただけで、強い所有欲にとらわれてしまうのだろう。ホリーの妊娠のせいで、自分でも知らない一面が引き出されたのだろうか？　どうやらそうらしい。

「そのサンドレスなら合格だ。でも……」

「でも、なんなの？」

「生地が薄いんじゃないか」

「薄いってどういうこと？」

「透けるということだよ。はっきり言うと、きみがブラをつけていないのがわかる」

ホリーは真っ赤になった。そして、両手で胸を隠したくなる衝動をこらえた。ルイスは裸の彼女を何度となく見ている。今さらなんの経験もないふりをして怒ってみせるのも変だった。

「水着を試着しようと思ったからとったのよ」

「だろうと思った。ブラのサイズが大きくなったみたいだな。水着は着られたのか？」

「伸縮性があるからだいじょうぶ。行き先だけれど、暑いところという以外、何も教えてくれないのね」

ホリーは胸がちくちくして、先端が硬く感じやすくなるのを無視しようとした。まるで、ルイスがそばにいるだけで自分でもコントロールできない何かにスイッチが入ってしまうような気がする。あのたくましい手で胸を包んでほしい……熟した先端を口に含まれ、舌で愛撫《あいぶ》されるときの感覚に身をひたしたい。ホリーのまぶたが震え、息づかいが浅く、荒くなった。

「じゃあ水着は着られたんだな。それはよかった。見せてくれればよかったのに」ルイスは彼女の欲望の香りをかぎつけた。だが自分から近づくわけにはいかない。それでも欲望が高まり、どうしようもなく興奮した。こんなにそばにいるのに触れないでいるのには、強い意志の力が必要だった。

「ショーはしないと言ったでしょう」

「もしかして……太ったと思っているからか？　そんな心配はしなくていい。きみには大きなおなかが似合っている」

「それはかり言うのね」ホリーには、これが危険な会話だとわかっていた。もうルイスから離れて、買うと決めたものをさっさとまとめなければいけない。これからの旅についてくわしいことを聞き出さなければ。なのにホリーは彼の目とベルベットのような声に魅入られ、そばから離れられないでいる。

「そうかな？」

ホリーは自分の手がひとりでに動いて、ルイスの胸に触れるのがわかって驚いた。それはまるで電流に触れたような衝撃だった。

「触ってはいけない。それがきみのルールのはずだ」

「そんなつもりでは……」ホリーは恥ずかしい思いで手を引っ込め、ルイスを見あげた。

「いや、触ろうとしていた。ぼくをまだ求める気持ちがあるのを恥ずかしいと思わなくていいんだ」

「こんな話はしたくないし、あなたのことを求めてもいないわ。わたしが思っていたような人じゃなかったんだから！　なぜまだ求めていると思うの？」

「きみはぼくに惹《ひ》かれているのに、いろいろな理由をつけてそれを否定しようとしている。もしぼくがその気になれば、今ここできみを奪うこともできるんだ。ラグの上で、服に囲まれて、先のことなど考えずに……」

ホリーはよろよろとあとずさった。ルイスの言うとおりだ。彼女の意志の弱さはどうしようもない。自分を利用した男になぜ今も圧倒されてしまうのだろう？　彼女のことを妻として見られなかった男に。

「たしかにそうだわ。今もあなたを求めてしまうのは本当よ」

「やっと認めたね。人は正直なのがいちばんだ」

「体のうえでの意味にすぎないわ。あなたとの関係の残り火がそうさせるだけで、なんの意味もないわ！」ふいにホリーは顔をそむけた。目が怒りの涙で痛んだ。ルイスは、彼女がまだ体の関係を持ちたがるほど気持ちが傾いていると思っているのだろうか？

ホリーの頭にさらに暗い思いが浮かんだ。ルイスは、自分の子どもがほかの男に育てられるのはいやだと言った。彼女の気持ちを利用して、ずっと自分に縛りつけておくつもりなのだろうか？

ルイスの持つ体の魅力に抵抗する強さを身につけないといけない。必要な要素を奪われれば、体の欲望はもろい生き物のようにしおれ、いずれは消えてなくなってしまう。

「旅行先のことをまだ教えてくれないのね」ホリーは顔に感情を出さずに腕組みしてルイスを見あげた。

「ぼくはバミューダ諸島に進行中のプロジェクトを抱えている。目の肥えた旅行者向けのエコ・ホテルだ。世界でも初の試みになるはずだ」

「ホテルの仕事もしているの？　コンピュータが専門だと思っていたわ」

「ビジネスでは一つのものにすべてをつぎ込むのは危険だとされる」

「ということは……カリブ海に行くのね？」

「近所の誰かに聞かれるとまずい」ルイスはいたずらっぽく笑った。「気候はすばらしいが、直線距離にすればニューヨークからのほうが近い。うちの家族は昔から島に家を持っているから、島のことはよく知っている。湿度が高すぎると思う旅行者もいるし、季節によっては気温が低すぎて日焼けには適さないが、自然を愛する者にとっては天国だよ」

「人生でこれまで二度しか海外に行ったことがないわ。一度目は父と行ったスペインのマルベーリャで、二度目は学校の旅行で行ったノルマンディよ」

「それなら、今回は目先が変わっていいじゃないか。ぼくは、プロジェクトが問題なく進んでいるかどうか二、三確認することがあって、現地で出かけないといけない」

「あなたにとっては出張のようなものね」ホリーはそれが気に入って、ゆっくりと言った。「どれぐらい向こうにいるの？」

「二週間だ」

「そんなに長く留守にして、会社はだいじょうぶなの？」

「ぼくがいなくても問題はない」

「ところで、服の山が二つできたわ。あなたからものを受け取るのはいやだけれど……」

「それはわかっている。いやだけれど？」

「少しだけ選ばせてもらうわ」

ルイスが見ると、彼女は顔を上気させている。ホリーが少しだけというなら本当に少しなのだろう。ほかの女性なら、彼が差し出すものを貪欲に奪っただろう。

「これだけは言っておくわ」ホリーはぎこちなく咳《せき》払《ばら》いした。「わたしたちにはいっしょに過ごした時間がある。誰かと別れると、立ち直るのに時間が必要になるものよ。昔の恋人と別れたときは……」

「その話は聞きたくない」

「どういう意味？」

「過去を掘り返す必要なんかない」それにルイスは、彼にはもう惹かれていないとほのめかす、ホリーの話など聞きたくなかった。

「あなたって感傷的なところがまるでないのね」

「自分で気づいたかぎりでは、ない」ルイスは冷たくそう言ったが、ホリーと別れたあと、空っぽのベッドに心がひどく痛むことがあったし、ラジオのばかばかしいポップスを聴いてダイヤルを変えたこともあった。そんな無意識の警告を受けて、ホリーのことを意識から締め出すためにセシリアを結婚の対象と考えてしまったのだろうか？　ルイスは感情的な問題に単刀直入に切り込む自分を、いつも得意に思っていた。感情というものは存在するが、それを分析するのは性に合わない。

「出発は明日？」

「朝いちばんに発《た》つ」ルイスはホリーに便名と時間と乗り継ぎについて教えた。カリブ海のその島はどんな好奇心旺盛なレポーターも寄せつけない。プライバシーの面では申し分なかった。

ホリーにとっては、ルイスが仕事を兼ねて行くというのがよかった。宿泊先がホテルというのもいい。ホテルならある程度距離を置くことができる。

ルイスが事業の進行状況をたしかめると言ったのを聞いて、ホリーはきっとちゃんと利益が見込めるかどうか帳簿を調べるのだろうと思った。ルイスならどんな仕事をしても成功するのはまちがいないと彼女は思った。

だから、ルイスが損益一覧表をチェックしている間、彼女は人混みの中にまぎれてしまうことができる。海外経験が悲しいほど少ないホリーはわくわくしていた。

旅の詳細を話し続けるルイスの声を、ホリーは耳から締め出した。心は遠くにあった。彼女はガイドブックを買っておけばよかったと思った。そして、陽光のもとでの自己負担ゼロの休日を楽しみにしているのに、ルイスから服を数枚もらうことを渋ってしまったことに罪悪感を抱いた。気がつくと、ルイスが眉を上げてこちらを見ていた。

「これまでそんなに長く出かけたことがないの。保護施設を放り出せないのよ」

「オフィスにガイドブックと歴史の本がある。自由に読んでくれてかまわない」

「どうしてわたしの考えていることがわかったの?」ホリーはルイスの笑顔に大きく反応した。ひそかにおもしろがっているようなあの笑顔を見ると、ホリーはいつも体がとろけてしまいそうになる。彼とはもう新しい関係になったのよ、とホリーは自分に言い聞かせた。

「わからないことなんかこれまでなかったはずだ」

ホリーは複雑な思いにとらわれた。自分はこんなにわかりやすいのに、ルイスは霧のように見通せず、しかも本心を隠すのがうまい。

「いい機会だから話しましょう……ここに来たとき、

二人の間に起きたことについて」

「いいとも」ルイスは椅子の背にもたれかかり、意味ありげに黙ったままホリーを見あげた。

「あなたが感情の話をするのがきらいなのは知っているわ。感情はきっちり割り切れるものじゃないし、けっして理屈では……」

「ぼくを理解してくれるのはありがたいが、何が言いたいんだ？」

「わたしはまだあなたに惹かれている。もちろん感情的にではなくて、肉体的に。わたしが妊娠していなければ、今のような関係になることもなかったでしょうね。わたしは先に進んで……新しい恋人を見つけたはずよ」どんなに想像をたくましくしても、ホリーはそんな可能性があるとは思えなかった。

「完璧な魂の伴侶、だな」ルイスは冷たく言った。

ホリーはうなずいた。その完璧な伴侶というのはどんな人だろうと彼女は思った。ルイス・カセラは恋の相手としては最低だったけれど、その存在は大きく、体の関係でという意味でも圧倒されるほどで、誰かと比べたくてもできなかった。

「でも、もしもの話をしてもしょうがないわ。これから数週間いっしょにいるんだから、これだけは了解しておいてほしいの。今のわたしとあなたは、便宜上の関係よ。この関係を複雑にするようなことは、何一つしたくないの」

ホリーは、手を出さないようにと釘《くぎ》を刺すつもりなのだろうか？　ふいにルイスはたとえようのない怒りを感じた。ついさっき自分から触れようとしたくせに？　ルイスは〝便宜上〟という言葉は気にならなかった。しかし、憎しみをぶつけ合わずに話せるようになったとたん、ホリーにわざと喧嘩を売られているような気がする。さらに悪いのは、ホリーがそれを無意識のうちにやっていることだ。

「それはぼくに言っているのか、それとも自分に言い聞かせているのかどちらだ？」ルイスはゆっくりとそう言うと、ホリーが顔を赤くするのを眺めた。

「両方よ！　わたしが思ったのは、ただ……友だちという今の関係を壊したくないということよ」

「それならぼくに触れないことだ。その件に関しては、ぼくは良心に恥じるところはない」

「でも、二人の関係は新しい段階に入ったと言ったのはあなたよ」

「それはつまり、きみがぼくの寛大さを受け入れるしかないという関係だ。セックスに関しては、もうきみに惹かれる気持ちがないというふりはしない」

「よくもそんなことが言えるわね。新しい恋人を作ったくせに！」ホリーは口調に苦々しさと嫉妬がにじむのをなんとも思わなかった。

「ぼくはセシリアに惹かれてなんかいなかった」ルイスは肩をすくめた。

「そうなの？　彼女とは寝なかったとでも言うつもり？」

「どうしてこんな話ばかりするんだ？」ルイスはうんざりした様子でホリーを見た。触れたくもない話題を、あえて続けたいのかと言わんばかりだった。

彼女は喜んでこの話をやめた。ホリーに考えられたのは……ルイスは一度もセシリアと愛し合ったことがなかった、ということだった。別れていた間もルイスはホリーに誠実だったのだ。もちろん、大きな意味などないかもしれない。ホリーは自分にそう言い聞かせた。それでも、ルイスは本人が認める以上に彼女のことを重く受け止めていると思うと、心が明るくなるのを感じた。

同時に、このことの別の意味がホリーの頭にゆっくりと染み込んできた。ルイスは彼女を捨ててすぐに新しい恋人を作った。つまりルイスは、セックスがなくても将来がある相手ならつき合えるということだ。この事実はルイスの理性が感情を支配していることを表している。

「こんな話ばかりしたいわけじゃないわ」

「そうか。それならいい。ふさわしくないからね」

ルイスは、セシリアに惹かれていなかったという自分の告白にホリーが何も反応しないことにいらだった。飛びあがって喜ぶかと思ったのに。「友だち止まりの関係を続けたいならそれでかまわない。きみを誘惑するのはやめよう。完璧な紳士でいることを約束するよ。だがきみのほうからぼくに近づくなら、責任はとれない」

「さっきのことを言っているなら、もうあんなことはしないから安心して」ホリーはもう二度とルイスと二人きりになるつもりはなかった。二人はホテルに滞在する。カクテルを飲んだり、日光浴を楽しんだりする旅行客が大勢いる場所だ。まわりに見知らぬ他人がいれば、丁寧で他人行儀な関係を保つのも簡単だろう。


「ともかく、ほしい服をとり分けたら、ぼくが階上《うえ》に持っていくから荷造りするといい。きみのスーツケースでは入りきらないだろうから、もっと用意するように手配しておくよ」

「レポーターが押し寄せてくると思う?」ホリーは自分が今ルイスの家にいる理由も、海外に行かなければならない理由も忘れていた。ルイスのそばにいると、いろいろなものが頭から吹き飛んでしまう。

「たいしたことはないだろう。ぼくはこれから仕事で忙しくなるが、きみは好きな場所でリラックスするといい。食料はたっぷり用意しておいたから、料理は自分で頼む」

どうやってリラックスしろというのか、ホリーにはわからなかった。ルイスは仕事で忙しくなると言ったけれど、外出するのだろうか? ルイスが二人のためにどの程度自分の生活を犠牲にするつもりなのかを考えると、ホリーは落ち着かなかった。

「もしわたしが流産したらどうするの?」

立ちあがりかけていたルイスはそのまま動きを止め、ホリーの顔を見あげた。「何か言いたいことがあるのか?」

「いいえ」ホリーはため息をついた。「ただ……どうかなと思っただけ」

「ぼくは仮定の話はしない」ルイスの答えは自分で思っていたより鋭い口調になってしまった。だが、なんという質問だろう! 「きみも仮定でものを考えるのはやめてくれ」ルイスは口調を抑え、ホリーの質問で揺れる心を元に戻そうとした。「誰のためにもならない」

「あなたって本当に現実的なのね」そう言ってホリーは疲れたように笑ってみせた。

「目の下にくまができている」

「最近、ストレスが多かったから」

ルイスは髪をかきあげた。「つらい思いをさせたのなら、あやまる」

ホリーは驚いて目を丸くした。「あなたのせいじゃないわ」ホリーはルイス以上に自分にストレスを感じていた。結論など出ないのに、果てしない葛藤を繰り返した。二人は大きな壁の両側にいて、その状況を変えることはできない。ホリーが本当にほしいものをルイスは与えることはできないけれど、それは彼のせいではない。ルイス自身にもどうしようもないことで二人をともに罰するのは、もうやめるべきではないだろうか? ルイスは彼女を愛していないけれど、そのことで責めても真実を変えることはできない。

ホリーは片手を差し出してほほえんだ。「わたしたち、友だちね?」

ルイスはつかの間ためらったが、その手を握りしめた。「そうだ」

8

空港に到着し、飛行機の席がファーストクラスだとわかったとき、冷静でいようと思っていたホリーの決意は吹き飛んでしまった。空港まで車で送迎される間、窓から外を眺めながら、彼女はこれからの二週間に思いをはせた。ルイスは手慣れた様子で二人のチェックインをすませ、ほとんど目も上げずに携帯電話で通話を続けている彼を見て、驚いているカウンターの女性に気づきもしなかった。

ラウンジのコンピュータで報告書を読みたいから免税店に行く時間はないとルイスに言われ、ホリーはうなずいた。家を出てから二人は二言三言しか言葉を交わしていなかった。ただ朝食のときは、ルイスがホリーのそばに鬼軍曹のように立ちはだかり、妊娠時の栄養補給の大切さについて講釈した。

ルイスは父親の役割に熱心に取り組んでいるようだ。もともと彼は物事を中途半端にしない性格だった。フェンスを一箇所修理すれば、そのあと全体をチェックせずにいられない。一度だけ食事を作ってくれたことがあったけれど、地元のマーケットの半分を買い占めたほどの野菜と、小さな店が開けそうなほどのステーキが出てきた。

ルイスのあとについてメインターミナルを急ぎながら、ホリーは友だちとしての役割にとどまっている彼のことを考えた。ルイスは子どもが生まれるまでは彼女の生活を支えてくれるだろう、しかしそのあとは友好的ではあるけれどよそよそしい関係になり、子どもに関することだけを話すようになる。彼女に惹《ひ》かれるルイスの気持ちはしぼみ、そのうちセシリアのような女性とつき合うようになるだろう。

ホリーはいつものように考えごとに没頭してしまい、気がつくと座り心地のいい椅子の並ぶプライベートラウンジにいた。ラウンジの中央にはペストリー、ジュースのポット、ワインやシャンパンのボトルが置かれ、ウエイターの給仕つきのダイニングエリアもある。

ホリーは足を止めてじっとそちらを見つめた。

携帯電話の画面をスクロールしていたルイスは、しばらくしてようやくホリーを置き去りにしたことに気づいて振り返った。そして驚いた顔をしている彼女を、おもしろそうに眺めた。

「こんな場所があるなんて知らなかったわ」

「スーパーリッチの世界にようこそ」ルイスはにやりとして、ホリーをソファへと連れていった。「何が飲みたい？　ほしいものはなんでもそろってる。機内でどんな醜態をさらしても気にしない旅行者のために、強い酒もある」

ホリーは笑った。ルイスはその屈託ない笑い声がどんなに恋しかったか思い知った。つき合っていたとき、ホリーはよく笑った。彼女とふたたび会うようになったのに、なぜかその笑い声を聞くことはなかった。きっと二人の過去をなかったことにするのは無理だったのだろう。しかしルイスはそのことを考えようとしなかった。考えても意味がないからだ。

「こんな話がある」ルイスはホリーがリラックスしているのがうれしかった。友だちになったから、ホリーはもう彼を怖いと思わないのだろう。「ある便が、ファーストクラスの一人の男のせいでヒースローに戻って緊急着陸するはめになった。その男が酒を飲みすぎてテロリストのふりをしたくなったからだ」

「冗談でしょう。その人はビジネスマン？」

「ポップスターだ」

「そんな話、一度もしてくれなかったわ」

「そのころぼくは、ファーストクラスに乗るような億万長者じゃなかったからね」

傷ついた心がもう少しで顔に出そうになったが、ホリーは男敢にもほほえみ、大人の対応ができた自分を得意に思った。「毎週末うちに来て退屈しなかったのが驚きだわ」正直にそう言ったあとホリーは気づいた。彼にはセックスという目的があった。だからこそ、退屈な動物の世話などを手伝うことができたのだ。実際には、一度指を鳴らせば必要なことはなんでもしてくれる部下が、ルイスには大勢いた。実生活では動物に近づいたこともなかっただろうし、捨てられたり虐待されたりした雑種の動物など、気にかけたこともなかっただろう。

「なぜ退屈するんだ？」

「あなたはロンドンになんでも持っているわ。高級車、大邸宅、ファーストクラスの旅行……食事はいつも高級レストランでしょう」

ルイスは人生に必要なのは変化だと言いそうになったが、ホリーはきっと気を悪くするだろう。「家ではあまり料理はしない」

「あんなに立派なキッチンがあるのに」

「見たんだね」

「あなたが帰ってくるまで、家の中を見ていたの。気にしないでくれるといいんだけれど」

ルイスは、わざとらしく他人行儀な言い方をする彼女へのいらだちを抑えた。「気にするわけないだろう」

ホリーは肩をすくめた。「あなたの家は新品同様だわ。きれいだけれど、誰も住んでいないみたい。だから汚したくなかったの」

「きみがソファに何かこぼすとか、ラグに靴跡をつけるとか、そんなことをぼくが気にすると思ったのか？」

「わからないわ。気にするの？」

「一歩進んで二歩下がるとはこのことだな。ぼくを怒らせるのがきみの仕事かと思うぐらいだ。いや、今のことは忘れてくれ。飲み物をとってくる。新聞は？」

「ガイドブックがあるわ」

ルイスと友人関係を続けるのは、ビーチサンダルでエベレストに登るぐらいむずかしい。何げない感想やあたりさわりのない質問が、いきなり苦々しい反応を引き出してしまう。

戻ってきたルイスはホリーが黙ったままなのを見て会話を続ける気をなくしたらしい。彼は失礼と言って個人用のデスクに行き、電話とコンピュータに没頭し始めた。

搭乗案内が始まるころには、ホリーはすっかり行き先の情報にくわしくなっていた。

ホリーは、ファーストクラスの贅沢《ぜいたく》さを見ても何も言うまいと決めていた。ルイスはこれを当然だと思っていて、まわりを見まわすこともない。客室乗務員にシャンパンを勧められたが、彼は断った。

「時差ぼけがひどくなるだけだ」席についた彼はホリーを見た。「何か話をしてくれ。家を出てからほとんど何も話さないじゃないか」

「あなたの邪魔をしたくないからよ」

「いつからぼくの邪魔をするのを遠慮するようになったんだ？」

「何を話してほしいの？」

「なんでもかまわない」

「わたしはぜんまい仕掛けの人形じゃないのよ」つき合っていたとき、二人が会話に困ったことは一度もなかった。ホリーは、週末にルイスに会ったときに話せるよう、その週にあったあれこれを覚えておいた。「あなたがどれほどの資産家か知ってしまった今も、わたしのことを財産狙いの女だと思っているの？」ホリーは単刀直入にきいた。

「友だちは正直に気持ちを打ち明け合うものよ」ホリーは明るく言ったが、口先だけで、ガラスをのみ込んでいるような気分だった。ルイスは、単純で簡単なセックスだけの関係を自分の楽しみのためだけに渡り歩いてきたのだ。「わたしは物事を客観的な目で見たいの」

「それがきみの妊娠にいい影響を与えるのか？」

ホリーは肩をすくめ、視線を落とした。「昔の恋人についての質問に答えてくれていないわ。相手が真剣な関係になりたいと言い出したから別れたの？」

「そこまで親密にならないようにしていた」ルイスは、友だちだから気持ちを打ち明け合うというホリーの言葉を深く考えていなかったし、他人行儀な口調にも何も感じなかった。二人の間の空気が性的なエネルギーを帯びてぴりぴりしているのに、友だちを気取るのはむずかしいとホリーに言ってやりたかったが、この二日間は本心を隠しておいた。


ルイスはしげしげと彼女を見つめた。「ぼくは一度きみを断罪した。それはまちがいで、してはいけないことだった。いつもの暮らしの中で出会っていれば、きみとつき合うことはなかっただろう。それは否定できない。ルイス・カセラではなく、ルイス・ゴメスだったからこそ、これまでにないほど長く一人の女性とつき合えたんだ」

「あなたが思うよりたくさんのものを、わたしが求めているとは思わなかったの？」

「まさかきみが急に将来のことを持ち出すとは思っていなかった」ルイスは顔をしかめた。予想していたようなわがままなモデルとはちがうのだから。

「あなたがそれまでにつき合っていた女性は、セックス以上のものを求めなかったの？」

「話をしてくれとは言ったが、こんな話は予想していなかった」

った。

「つまり、相手を利用して、厄介な質問をされそうになったら、用済みにして捨てていたってことね」

「そんな芝居がかった言い方をしなくてもいいじゃないか」

からかうようなルイスの声を聞いて、ホリーは顔を赤くした。ルイスはすぐそばにいる。長いまつげと、黒っぽい瞳に浮かぶ金色の光がよく見える。黒いポロシャツを着ているので、いつもたまらなく男らしいと思っていたたくましい二の腕がむき出しだった。ホリーの胸の鼓動が速くなり、口の中が渇いた。飛行機が動き出して、彼女は助かったと思った。

ホリーはアンディに二度電話して、様子をたしかめておいた。携帯電話の電源を切ると、胸に興奮がこみあげてきた。

目をつぶると、この数週間のことを忘れ去って、あんなに行きたかったルイスとの旅行に行くのだと想像するのも簡単だった。飛行機が急角度で加速し始め、ホリーは胃がひっくり返りそうになった。こぶしをぎゅっと握りしめたとき、ルイスがやさしくその指を広げ、自分の手とつなぎ合わせた。

「緊張しているね。力を抜いて」そして何げなく彼女の親指を指で撫《な》でたので、ホリーは息をする力さえ失ってしまった。

「飛行機に乗るのはひさしぶりなの。離陸が苦手なのを忘れていたわ」

「ほかのことを考えて気を散らすんだ」サテンのようななめらかな肌を感じただけで欲望に火がついてしまうのはわかっていたが、ルイスは彼女の親指を撫で続けた。「ぼくのことを考えるといい。きみはさっき言っていたじゃないか。何も知らない気の毒な女性を甘い言葉で引き寄せ、予想もしていないときに捨てる最低の男だと」

自分を笑いものにするようなけだるげな口調を聞

いて、ホリーは笑いたくなった。彼女はルイスの目を避けてほほえんだ。ホリーは親指にあたる彼の指を強く意識したが、なんでもないふりをした。

「自己弁護のために言っておくが、ぼくは守れない約束をしたことはない」これを聞いてホリーは目を上げ、ルイスを見た。彼なりに、二人の関係を深読みしすぎたのは彼女だと言っているのだろうか。たしかにルイスはなんの約束もしなかった。しかし彼がデートした過去の女性たちとちがい、ホリーはそこから何かを察しようとはしなかった。ルイスのことを額面どおりに受け取り、彼も自分と同じぐらいこの関係を大事にしていると思い込んだ。

ホリーは彼の手から指を引き離し、ガイドブックをつめ込んだハンドバッグを手にとった。

「ホテルのことを教えて」ホリーは話題を変えた。

「それで問題が解決するわけじゃない」

「問題って？」

「ホテルの話を聞きたいなら喜んでするが、いずれはこれから先のことを話し合わなければいけない」

「そのことはもう話したわ。わたしはあなたの重荷にはなりたくないし、わたしたちにはそれぞれもっとふさわしい相手がいる」

「ぼくは結婚のシナリオから離れて、この先の金銭的な取り決めのことを話したいと思っていたんだ」

「あら、そう」ということはルイスは彼女の話をちゃんと聞いていて、子どものために結婚するというばかげた考えは捨てたらしい。

「きみと子どもに必要な毎月の生活費をじゅうぶんまかなえるだけの額は、ちゃんと送るつもりだ」

ホリーは、ルイスが無理やり結婚を押しつけようとするのをあきらめたことを、なぜもっとうれしく思えないのだろうと思った。

「この取り決めにあたって弁護士を立てるかどうかはきみが決めてくれ。ぼくはそうすることを勧める。

そうすればすべてが明確になるし、話が早い」

これから、子育てというひどく個人的な事柄を、効率重視のビジネス上の取り引きのようにあつかわなければならないのは大変にちがいない、とホリーは思った。

「もちろん子どもには信託財産を設けるし、普段の送金ではまかなえないような出費のために、銀行口座を作るつもりだ」

「ええ、そうね。金銭的なことは……」ホリーは言葉を濁した。

「ぼくの話を聞いていなかったのか？」ぼんやりとルイスを見ているホリーの顔は、彼の財産に興味がないことを見事に証明していた。

「もちろん聞いていたわ。あなたが経済的に頼れるのはよくわかっているつもりよ」

「よかった。そうなると、次の問題が発生する」

「次の問題？」ホリーは、ルイスがいろいろなことを、解決しなければならない問題のようにみなすのはやめてくれないだろうかと思った。

「面会の問題だ」

「それはわたしも考えてみたの。住む場所に関してはわたしが歩み寄るのが公平だと思うわ。住む場所というのは、わたしと子どもが住むところという意味だけれど」

「それはわかってる」ルイスの声はどこか冷たくなった。ホリーがいずれは彼の考え方に納得するという自信があるから、ルイスは彼女に話を合わせているのだろうか？　ルイスはいつも自分の思いどおりにやってきた。自分の母親と話すとき、彼はいつかは結婚すると匂わせながらも、現実的な結婚の質問はたくみにかわしてきた。

「今より南に移ってもいいと思っているの。アンディが言うには、あのコテージと土地と保護施設をいっしょに売る方法だってあるそうよ。もちろんちゃんとした人にしか売らないつもりだけれど。それと、ロンドンに住むのはいやなの。あなたは言っていたわね、もう少し近いほうがいいって……」

そう、ルイスは、ホリーがいずれ折れて彼と結婚すると思っていた。だからこそ、彼の存在を人生から消そうとしているホリーを見て、狐《きつね》につままれたような気持ちになったのだ。

「もっと南ならね」

「ロンドンの郊外というところかしら。そのあたりならあなたも楽に来られるわね」

ホリーは、子どもに会う義務をはたすために、新しい恋人に手を振って出かけてくるルイスの姿を想像した。セシリア本人と顔を合わせたホリーは、ルイスがつき合う女性と張り合うのは無理だとわかっていた。ホリーは、小太りの自分がベビーフードで汚れた服のままドアを開け、ルイスを出迎えるところが目に見えるようだった。

「引っ越しても仕事はしたいと思っているの」

「そんな必要はない」ルイスは指摘せずにいられなかった。「生きているうちは二度と働く必要はないんだ」

「男に囲われる女になれというの？」

「男に囲われる女は、普通、体を提供するものだ」

「子どもが生まれたら、なるべく早く仕事を見つけるつもりよ」ルイスは〝体を提供する女〟をどんなイメージで見ているのだろう。ストレスいっぱいの太った女になる未来の自分の姿を思い浮かべて、ホリーはそう思った。もし二人が結婚という過ちを犯したら、ルイスはいつの日か彼女を軽蔑と嫌悪の目で見るようになるかもしれない。ルイスと結婚したくないと思うホリーの決意の奥には、彼に愛されていないという事実以外に、そんな恐怖もひそんでいるのかもしれない。

「仕事って、何をするつもりだ？　だいたいなぜ働きたいんだ？　きみには働いてほしくない……時代遅れと言われようが、自分の子どもの母親には、子どものそばにいてほしいんだ」

「もちろんそばにいるつもりよ」

「そばって、どれぐらいそばなんだ？　数キロ離れたどこかのオフィスか？」

ホリーは笑い出しそうになった。「ルイス、あなたって本当に時代遅れね。あなたのお母さまは子育てのために家にいたの？」

「もちろんだ」

「わたしの母はわたしが幼いころに亡くなったわ。だから父と二人きりだった」

「きみのお父さんとは気が合っただろうな。お父さんはぼくと同じで保守的だったから」ホリーは父親のことを何度もルイスに話していた。父は心が温かく、おもしろくて親切な人だった。娘がプロポーズを断ったと聞いたら顔をしかめただろう。そして、子どもにとっては両親がそろっているのがいちばんだと娘を説得しようとしただろう。

「父はいつも自立しろと言っていたわ。家族を養うために骨を折って働く父と、キッチンにこもる母という両親の姿を見て育ったわけじゃないの。わたしも父といっしょに外で働いていたから」ホリーはため息をついた。「あなたがセシリアみたいな人を選ぶ理由がわかるわ。人はよく知っているものに惹かれるのよ」

ルイスは歯を食いしばった。彼は普段なら口論では誰にも負けない男だ――なのに、追いつめられたような気がする。いったいなぜだろう？　ホリーは彼のことを、型にはまった考え方しかできない傲慢な愚か者とみなしている。

「セシリアのことはまちがいだった。今はなんとも思っていない」

「セシリアのことをどう思っているかきいたんじゃ

ないの」ホリーは、彼が話がわかっていないかのように言った。だがホリーは知的な挑発で彼を刺激しようとか、注意を引こうとかしているわけではなかった。ただ思ったことを言っているだけだった。

「あなたはちゃんとした意見を持つ者に興味がないのね」

「とんだ言いがかりだ。ぼくはきみのどんな決断も支持してきたじゃないか」ルイスはいらだたしげにホリーを見た。「きみが十五羽のがちょうを引き取ろうとしたときのことはどうだ？　きっと後悔すると言ったが、きみの決断を尊重したじゃないか」そのがちょうたちが、うっかり家に訪ねてくる人を片っ端から追い払ったのを見て、ホリーは後悔したのだった。「結局、引取先を探さざるをえなかった」

ホリーは十まで数えた。ルイスはなぜ恋人にまで厳しいルールをあてはめようとするのだろう。本当に大事に思っている相手なら、融通をきかせるものだ。ルイスは我が子の母親には仕事を持ってほしくないと思っている。会社では女性を雇っているくせに、考え方はどこまでも保守的なのだ。ホリーは二年近くも彼に夢中だった。少しは意地を見せてもいいころだ。

「でも八週間も預かることができてうれしかった」

「日曜の朝五時半に人をたたき起こすことにかけては、どんな目覚まし時計よりも優秀だった」

ホリーは胸がどきりとした。記憶を蒸し返すのは何よりも避けたかった。危険が大きすぎる。あの日借りてきたバンにがちょうを追い込んだこと、パブでランチを食べ、イタリア産の白ワインで祝ったことが、写真を見るようにはっきりとよみがえってしまう。もう二度と思い出をたどりたくない。

「問題はそんなことじゃない。あなたはセシリアを好きじゃなかったかもしれないけれど、セシリアには大きなメリットがあった――彼女はあなたを質問攻めにしなかったのよ」それにセシリアはちゃんとした家柄の生まれで、父親からの信託財産のおかげで経済的に男に頼る必要がなかった。セシリアならルイスの決断に異議を唱えることはけっしてなかっただろう。

「きみに反対意見をぶつけられるのは楽しかった」

ホリーはいつからこんなに議論好きになったのだろう？　ホルモンのせいだろうか？　あらためて考えると、ホリーは一度も従順なパートナーではなかった。常に自分の意見を持っていた。

「こんなことを話していてもどうしようもないわ。堂々巡りをするだけよ」

ルイスは顔をしかめた。「そのとおりだ。で、きみはどんな仕事を考えているんだ？」

「わたしはデスクワークには向いていない。いらいらしてしまうの。友だちが事務の仕事をしているんだけれど、社内の人間関係の複雑さときたら……」

ホリーは顔を赤らめ、ちらりとルイスを見やった。「ごめんなさい。あなたもデスクワークなのを忘れていたわ。ずっと外まわりでコンピュータを売っている人だと思っていたから」

「もう一度きくが、どんな仕事を考えている？」嘘《うそ》をついていたことをまた責められている気がして、ルイスはもっと安全な話題に話を変えた。

「わたしは動物相手の仕事が好きなの。たとえば、そうね、動物病院の受付なんかもいいと思うわ」

「受付か」

「電話に出るぐらいなら誰でもできるでしょう」

「きみは頑固だ。自分の猫が心配で電話をかけてきた女性に、症状がひどくなる前に病院に来いと説教せずにいられないだろうな」

「引っ越したら動物の保護施設の運営はできないから、それ以外でベストの選択をするしかないのよ」

「それは当然だ」ルイスは肩をすくめた。

「仕事をさせまいと説得するのはやめてもらえるとうれしいんだけれど」

「そんなはかなことはしない」

「よかった」ホリーはそう言ったが、小さな戦いに勝ったものの戦争には負けたような気がした。「じゃあ、すべて解決ね。わたしたちは、いっしょには住まないけれど、できるだけ子どもをいっしょに育てようとするカップルにすぎないってことよ。もうスキャンダルにはならないし、スキャンダルがなければパパラッチも寄ってこないわ」

「面会権はどうなる？」ルイスが静かに指摘した。

「好きなときに訪ねてくればいいわ。会うのをやめさせるつもりはないから」

「書面にしたほうがいいと思うが、どうだろう。何も変わらないという前提で楽観的に物事を決めても、状況は変わっていくものだ」

「どういう意味？」

「他人が関わってくる可能性がある」

「他人とはもうじゅうぶんすぎるほど関わったわ」

ホリーは口調が苦々しくなるのを抑えられなかった。

「ぼくはそうではないかもしれないってことを忘れないでくれ」

ホリーはどきりとした。肌が不快感でざわついた。ルイスは単純に将来を見すえてあらゆる可能性を考えているだけなのだろうか？　ルイスは予期せぬことを好まず、何事にも備えておこうとするタイプだ。それとも、保守的な考えに従い、子どもには両親が必要だとみなして、彼女とはちがう誰かとの結婚を考えているのだろうか？　妻と連れだって子どもを迎えに来るルイスを想像すると、ホリーは体が冷たくなった。

「そういったことを考えるのはまだ早いんじゃないかしら」

ルイスは肩をすくめ、目をそらした。「ぼくはあらゆる可能性に備えておきたい。ぼくらが旅に出ている間、弁護士に取り決めの詳細を詰めるように言っておくつもりだ」

その言葉はホリーの耳には冷たく、ビジネスライクに響いたが、それ以上何が期待できるというのだろう？　ルイスは論理的で理性的な顔しか見せないのに、その奥にロマンスや明るい楽観主義を探してしまうのはなぜだろう？　愛してくれない相手を愛し続けるなんて、自尊心はどこにいってしまったのだろうか？

「わかったわ」自分も彼と同じようになって、たとえいつわりであっても、クールで冷静な顔つきを身につければいい。「そういえば、ホテルのことを教えてくれなかったわね。わたしたちの部屋はとれたの？　それとも満室？　わたしは従業員用の部屋でもいいのよ」

シートベルト着用サインが消えた。ルイスは体を伸ばそうとして立ちあがりながら、ちょっと驚いた顔でホリーを見た。「きみを従業員用の部屋に押し込めようなんて考えたこともない。きみは我が子を妊娠しているんだから、それだけで特別な存在だ」

ホリーはその言葉を、自分の地位が上がったという意味にとった。もう彼女は簡単に捨てられる田舎出の恋人ではない。彼女の愛と献身によってもできなかったことを、思いがけず宿した命によってなしとげたというわけだ。

「それに、ホテルに滞在するなんて言った記憶はないよ」

「どういうこと？」

「今この瞬間も建設中の建物に寝泊まりするなんて無理だということだ。滞在先は、ぼくの家族が所有する家だ」

9

その爆弾発言のあと、ルイスは、どういうことなのかくわしく話し合いたいというホリーの頼みを頑として拒絶した。

ルイスから見れば、話し合うことなど何もなかった。彼はただ肩をすくめ、眉を上げてホリーを見た。ルイスは　ホリーがなぜホテルに泊まると思い込んだのかわからないと言い張った。

観光客に囲まれるという心地のよいイメージを消されてしまったホリーは、ルイスを責めた。そして、彼と同じ家に滞在するのはいやだと言い捨てた。

「どうして？」ルイスが本当にわけがわからないという顔でこちらを見ているので、ホリーはバッグの

中のガイドブックで彼を殴りたくなる衝動を歯を食いしばって抑えた。「何が問題なんだ？」

「問題は、あなたと同じ家に滞在する約束なんかしていないってことよ」

「だから、それのどこが問題なんだ？　同じ寝室で寝るわけじゃない」ルイスは皮肉っぽく言った。ホリーは、恥ずかしさのあまり頬が赤くなるのを感じたが、頑として目をそらそうとしなかった。ルイスと同じ屋根の下にいることを考えただけで体から力が抜けてしまう。ただの友だちでいると言い出したのは彼女だが、二人だけの空間でその関係が試されると思うと落ち着かなかった。

ルイスはホリーのパニックなどどこ吹く風だったが、彼女がこんなことは受け入れられないとぶつぶつ言い続けるので、それならパパラッチの待つロンドンに帰ったらどうだと言った。

「滞在するのは大きな家だ。我慢してくれ」それだ

け言うとルイスは座席を倒してベッドにし、アイマスクをつけて眠ってしまった。いっぽうホリーのほうは、飛行機に乗っている間じゅう黙ったままふつふつと怒りをたぎらせていた。

しかし、言い返すのを拒む相手に喧嘩《けんか》を売るのは無理な話だ。ホリーはガイドブックに没頭した。自分は眠れないのにルイスが眠っているのがくやしかった。彼にはなんの葛藤もなく、良心の呵責《かしやく》もないことがいまいましかった。以前は、まるで心も体もぴったり合うように作られたかのように、二人の間には強い絆《きずな》が感じられた。それが勘ちがいだったと思い知らされるたびに、ホリーは息が苦しくなるのだった。

そのうえ今度は彼と同じ家に滞在するはめになってしまった。どこかのホテルに二部屋とってはどうかと常識的な提案をすることもできたが、ルイスがどんな反応をするかはわかりきっていた。


ホリーはあおむけに寝ているルイスに目を向けた。気がつくと、長身のたくましい体から目が離せなくなっていた。靴は脱ぎ捨て、靴下ははいていない。ルイスの足はきれいだ。目が心を裏切って彼のほうに向いてしまい、引き離すのに途方もない努力が必要なことに、ホリーはいまいましげに声をあげた。

ルイスと同じ家の中に閉じ込められるという現実をどう受け入れればいいのだろう？　今のぎこちない関係と、かつての気の置けないリラックスした関係との落差を、どう受け止めればいいのだろう？

思い悩んでいたせいでホリーはずっと眠れなかったが、飛行機が着陸するときになってようやくルイスは身じろぎして目を覚まし、座席を倒すこともなく怒ったようにガイドブックを読んでいるホリーのほうを見やった。

「眠らなかったのか？」

ベルベットのような深く豊かな声を聞いて、ホリーはっとした。彼女は、座席を元の位置に戻した。ルイスに目をやった。黒っぽい髪はわずかに乱れている。髭《ひげ》を剃《そ》っていないので、顎にかすかに黒いものが見えた。ホリーは以前この黒い影をセクシーだと思っていた。

「疲れていないの」

「ぼくより元気なんだな。ぼくは飛行機に足を踏み入れるといつも眠気に襲われる。たいていのビジネスマンとちがって、ぼくは機内で仕事をする気にはなれない」

「あなたの家のことを教えて」どれぐらい大きいのだろうとホリーは思った。ルイスは完璧な紳士なのだから、彼との生活に過敏になるのはおかしいと自分に言い聞かせるたび、ホリーは漠然としたパニックに襲われた。何よりも怖いのは彼の存在に対して自分が取り乱すことだとわかっているからだ。

「何を知りたい？」飛行機はゆっくりと高度を下げ始めた。

「いつから所有しているの？」

「ずっと前からだ。ニューヨークにいるときは、都会から逃げ出すのにぴったりの場所だ」

「そう」ホリーは、ルイスにはあといくつ彼女の知らない面があるのだろうと思った。

ルイスはホリーの顔つきに気づいた。それは、避けたくても避けられないものを受け入れるときの顔つきだ。例のがちょうを預かれないことがわかり、引取先を探すことが可能性ではなく現実になったときの顔つきだ。別々の道を歩くようになって初めて、ルイスは、自分がホリーのことをどれほど理解しているかに気づいた。もちろんそれは、ホリーが彼に対して心を開いていたからこそわかったことだ。

なのに、ホリーには嘘《うそ》といつわりしか与えることができなかった。ふいに罪悪感がこみあげ、ルイスの声は思ったよりとげとげしくなった。「ぼくから隠れる心配はしなくていい。家は広いから、もしぼくを避けたいなら避けられる。いずれにしても、しばらくきみは一人だ。ぼくは島で仕事があるし、ほとんど忙殺されているだろうから」

「あなたから隠れなければいけないなんて思っていないわ」

「きみのことはお見通しだということを忘れないでほしい。顔つきを見れば何を考えているかわかる」

「それは過去のことよ」

「寝室は八つ、バスルームがいくつか。プールが一つあって、人の来ないビーチに通じる道がある。あそこならきみもリラックスできるだろう」

飛行機が降下を始めた。ルイスは顔をそむけた。ホリーは、ルイスが彼女を理解するように、彼の心が読めればいいのにと思った。どうして二人はこんなことになってしまったのだろう？　ホリーの中にはいつも葛藤があった。手は今でも彼に触れたがっている。体は、植物が太陽を求めるように彼を求めている。けれども常識は、そんな反応を抑えるようにと命じている。

ホリーは、飛行機が滑走路をタイヤをきしらせながら走り、やがてゆっくりと止まるのをぼんやりと感じた。

ガイドブックをむさぼるように読んだホリーは、もう空港の外の空気がわかるような気がした。しかし太陽の光のもとに足を踏み出すと、雰囲気と景色のあまりの変わりようにふいをつかれた。

「ここには急がない暮らしがある」ホリーは、タクシーに向かって歩いていくルイスのあとについていった。彼は立ち止まってホリーを先に乗せると、自分もその隣に座り、身を乗り出して知り合いらしき運転手と話した。運転手はルイスに家族のことをきいている。姉妹が半年前に来たばかりだという……。

ルイスに紹介され、ホリーは二人のライフスタイルのちがいをひしひしと感じながら、あいまいにほほえんだ。しかしタクシーが走り出すと周囲の景色にすっかり気をとられ、暗い思いなど吹き飛んでしまった。

　タクシーの運転手は、島の最新のゴシップをルイスに教え、それを聞いてルイスは笑った。

　ルイスが座席のうしろに腕を伸ばしたので、ホリーはその手が空港を出てすぐポニーテールにまとめておいた髪に触れるのを感じた。

「ここへはよく来るの？」

「きみに会う前は一年に二度ほど来ていた。きみと会ってからは一度も来ていない。冷たくて暗いヨークシャーで壊れたフェンスを直すことに比べれば、ここに長く滞在することにそれほど魅力を感じなくてね」二人の視線がからみ合い、ルイスは肩をすくめた。「こうして友だちの関係になったからには、本当のことしか言わない。きみと出会ってからはここに来る必要を感じなかったんだ。ホテル建設のプロジェクトが最初に期待していたほど迅速に進まなかったのは、そのせいだ」

「そのことでわたしを責めないでくれるとうれしいんだけれど」ホリーは、この島より彼女を選んだというルイスの言葉を聞いて、喜びに体が震えそうになるのをこらえた。しかしすぐに自分に言い聞かせた。ルイスみたいに欲望の強い男にとっては、ときとしてセックスは抵抗しがたい魅力を持っているものだ、と。

「もちろんだ。誰かを責める話なら、その対象になるのはぼくだけだ。きみがはっきり言っていたように」

　ホリーは顔を赤くしたが、何か言おうとする前にルイスが話題を変え、彼女の意識を周囲の光景に向けさせた。ルイスは、絵はがきのようなパステルカラーの建物や家々を指さし、建築について語った。

ホリーは、パステルカラーの建物も、亜熱帯の椰《や》子《し》の木も、生い茂る緑も知っていたが、実際に目にし、感じ、匂いをかぐと圧倒された。そこは、雲一つない空から陽光が降り注ぐ色鮮やかな天国だった。

「ぼくの人生にこんな一面があることを、隠したがっていたときみは思うかもしれないが、それはちがう」ルイスはホリーの繊細な横顔を見ながら静かに言った。

「それならどうして正体を教えてくれなかったの?」ルイスが心を開き、正体を教えてくれていたなら、すべてはちがっていたはずだとホリーは言いたかった。資産家という立場、財産を狙う女性との苦い過去のせいで、ルイスの態度は硬化してしまった。「いいえ、やっぱり忘れて」ホリーはあわてて言った。「あなたはここの人たちと連絡をとっているの?友だちはいる?」

ルイスが礼儀正しくこの島との関係を語るのを聞きながら、ホリーは思いをめぐらせた。ふと気がつくと、タクシーは曲がりくねった細い道をのぼっていく。空港からそれほど走ったとは思えない。

立派な屋敷が見えてきたとき、ホリーはここが島の中でも高級な一郭なのだとわかった。目指す屋敷にたどり着いた二人の目の前には、二階建ての建物があった。一階は屋根つきの広いベランダに囲まれ、ベランダの格子には色とりどりの花が絡みついている。振り返ると、手入れの行き届いた広々とした庭が見えた。

「すてき」ホリーはタクシーから降りてくるりとまわり、目を大きくして周囲のすばらしい景色に見入った。そして、冷房のきいたタクシーから出たときから肌にまつわりつくように思えた薄いカーディガンを脱いだ。そよ風はさわやかで、暑さがここちよい。家のほうを見ると、数人が二人の出迎えに来ている。ルイスは何も持っておらず、肌の浅黒い少年が大きな笑顔で荷物をとりに来るのを待った。

「ばかげたことを言ってもいい？」ホリーは恥ずかしそうに言った。

「本当にはかげているならぜひ聞きたいね」暑さで頬を紅潮させているホリーを見ると、ルイスはそのふくらんだおなかを誇りに思わずにいられなかった。きっと母が家政婦にその話を伝え、家政婦が皆に広めたのだろう。皆、この女性がルイスの恋人であり、妊娠していることを知っている。

「最初に会ったときにあなたがこんな家を持っていると知っていたら、絶対につき合わなかったわ」

もしホリー以外の女性にこんなことを言われたら、ルイスは笑い飛ばしていただろう。しかし奇妙なことに、ホリーが本気で言っているのがルイスにはわかった。

「ぼくもばかげた返事をしてもいいかな？」

ルイスがすぐそばを歩いているので、いつものアフターシェーブローションの香りと男らしい体の香りが混じり合うのがホリーにはわかった。

「どんな返事かしら？」

「ぼくたちがただの友だちだという噂《うわさ》はうちの家族は知らないらしい。このことは、到着するまできみには黙っていた」

広々とした木製のベランダに足を踏み出そうとしていたホリーは、ルイスの言葉の意味がわかってつまずきそうになった。

「なんですって？」

ルイスはホリーの肩に手を伸ばし、自分のほうに引き寄せた。そのとたん、ホリーは彼への激しい切望の念に襲われ、息をするのさえ苦しくなった。ルイスの筋肉質の体は、ホリーのやわらかで丸みをおびた体に触れると鋼のように硬く感じられた。この愛情表現を見て、家政婦たちはにこにこしている。きっとこの中の何人かはルイスが子どものころから忠実な使用人だったのだろう。

「妊娠したぼくの恋人が、ぼくとはなんの関わりも持ちたくないと思っていることは、家族には言っていない」

「それはちがうわ！」ひどくなる一方の会話を声を潜めて続け、同時に笑みを絶やさずにいる努力のせいで、ホリーは顎が痛くなった。

「ここにいるみんなは、ぼくらは愛し合っていて結婚式の計画を練るのに夢中だと思っている」

「どうして先に教えてくれなかったの？」

「この家のこと、どう思う？」ルイスはさりげなく話題を変え、振り返って周囲に集まってきた人たちと話し出したので、ホリーはひんやりとして居心地のよい広々とした空間をうっとりと眺めた。つややかな木の床は使い込まれたぬくもりがあり、色あせたラグの抑えた色調は淡い色の壁とよく調和している。子どもが描いた絵が額に入れて飾ってある。このうちのどれかがルイスかもしれないとホリーは思った。

ルイスのあとについて歩いているうちに、ホリーはさっきの彼との言い争いを忘れた。七十代の夫婦らしき使用人がルイスと笑いながら話している。その声は聞こえたが、ホリーは周囲の光景に夢中で、内容までは意識に入らなかった。

部屋はどれも広くて明るかった。家具は使い込まれていて、座り心地がよさそうだ。途中には、卓球台や大きなプラズマテレビなどが据えられたスポーツルームがあった。

ホリーは感心してはいけないと自分に言い聞かせたが、この家が気に入らずにはいられなかった。まだ外も見ていないのに。潮風の香りに鼻孔を満たされ、広い芝生の庭に出たら、そこもひと目で気に入ってしまうだろうという予感がした。

ルイスが大きな寝室の前で足を止めたので、ホリーは楽しい夢想から我に返った。その部屋のほとんどを占めているのは、キングサイズのベッドと古風なダークウッドの家具だった。

「ここがぼくらの部屋だ」ルイスはそっけなく言うと、ホリーが自分の思いを口にするのを待たずに背を向け、年配の夫婦に何か言って笑い、しっかりと寝室のドアを閉めた。そしてゆっくりホリーのほうに振り向いた。

「ぼくらの部屋ってどういうこと？」ホリーはわけがわからず、寝室に並べて置かれたバッグを見つめた。

「さっきも言ったが、ぼくらは愛し合っているカップルだと思われているから、寝室は一つだ。それからもう一つ……」ルイスが閉めたドアにもたれかかり、ホリーをじっと見つめたので、彼女も視線を返さずにいられず、その緊張感で口がからからになった。

「もう一つなんなの？」

「今、母がニューヨークにいる。ニューヨークのペントハウスに叔母と二人で一年に二度は滞在するんだ。買い物がめあてらしい。当然、きみに会いたがっているから、きっとここまでやってくるだろう」

「ルイス……」

「うちの家族はぼくの子どもの母親に興味がないと思っていたのか？」

「お母さまがわたしに会いたいと思うのは、あなたが二人の関係を……関係を……」

「熱く愛し合っている恋人同士だと言ったから？」

冗談じゃない！　ホリーは不愉快そうに笑った。二人が熱く愛し合っているというジョークをいっしょに楽しめというのだろうか？　これまでルイスには厳しい言葉をぶつけてきたけれど、それでも心の奥ではまだ彼を愛していることを知っているのだろうか？　ルイスはよくわからない表情を浮かべて暗い目でこちらを見つめている。

「あなたと同じ部屋で寝るのは無理よ」ホリーは脈が速くなり、緊張が高まった。

「無理じゃない」ルイスは冷たく言い放った。「ここで働いているのは、ほとんどがぼくが生まれたときから知っている者ばかりだ。母と同じで、彼らもぼくたちが恋人同士だと思っている」

「それはあなたのせいよ」

ルイスはけだるげに肩をすくめた。「誰かを責めたってしょうがない。今はこうするしかないんだ。いずれ時が来たら母に結婚しないと打ち明ける。だが今は、孫の母親はぼくと関わる気はいっさいないことを教える気にはなれない。いつも言っているが、ぼくは保守的な家庭の出身だから」

「そんなの不公平だわ」どうしてわたしが悪者にされているのだろうとホリーは思った。でも、偽名を使って彼女と長い間つき合っていたことや、彼女を対等な恋人と思っていなかったこと、そして想定外の妊娠という事態にならなければ二度と会わなかったことを、ルイスが家族に打ち明けるとは思えない。

ホリーはまた心を傷つけられ、落ち着きを失っていった。

「ぼくは本当のことを言っているだけだ。もしきみが別の部屋に行くというなら噂になるだろうし、ぼくはそんな噂を聞きたくはない」

「そもそもここへ来たのがまちがっていたのよ」ホリーはよろめく足で、窓辺の籐《とう》椅子のほうに行った。ルイスと同じ部屋で過ごすことで頭がいっぱいになり、気が遠くなりそうだった。

「大げさに考えすぎだ」すぐにルイスがそばに来た。「顔が真っ青だよ」彼は髪をかきあげると、身をかがめてホリーと視線を合わせた。「しばらくの間だけ、母には冷たい真実を隠しておきたいんだ。それをわかってほしい」

「顔を合わせたら本当のことがわかるのも時間の問題だわ」ホリーは暗い声で言った。

「どういう意味だ？」

「お母さまはあなたのことをよく知っている。わたしみたいな女と結婚するわけがないってすぐに見抜くはずよ」

ホリーが自分に対して冷たく皮肉っぽい言い方をするのがルイスはつらかった。自分のせいだろうか？ きっと疲れているせいだ。彼のしたことが正しいとかまちがっているとか言い争うのは、ホリーには荷が重すぎる。

「無理に同じ部屋にしろとは言わない。でもこれだけは言っておく」ルイスは両手をポケットに入れてホリーを見た。「ベッドは四人家族が寝られるほどの大きさだ。日中はぼくはいない。きみは観光すればいい。夜、ぼくが戻ってくるころにはきみはもう部屋に引きあげているだろう。昔からの家政婦たちはこのすれちがいに眉をひそめるかもしれないが、ぼくが仕事中毒《ワーカホリック》なのは彼女たちも知っている。それに、この島にはしょせん二週間しかいないんだ」

「お母さまはいらっしゃる前に連絡をくれるの？ それともいきなり来られるのかしら？」これがかつてのホリーの空想の中であれば、ルイスの友人や家族に会うのが楽しみでたまらなかっただろう。今は評価する目で見られるかと思うと体が震えた。ルイスの母は、裕福でハンサムな息子をひっかけるために、ホリーがわざと妊娠したと思うだろうか？ 息子がやっと財産を狙う女から逃れたのに、またすぐつかまってしまったと思うだろうか？

それからおよそ三週間後、ホリーは、ルイスの母の訪問が怖くてあんなに大騒ぎした自分はなんだったのだろうと思った。

二人は、たった今タクシーに乗って空港に向かうフローラ・カセラを見送ったところだった。フローラはこれからブラジルにいる娘たちのところに向かうことになっていた。いつもの朝と同じで、太陽がすでに島をあたため、海風はけっして冷えることがなく、家の周囲の庭はまるで天国のようだった。

ルイスに軽く肩に腕をまわされたホリーは、罪悪感を覚えつつも、そのなつかしい重みを楽しんだ。

フローラ・カセラは、二人が島に到着した翌日にやってきた。ルイスは母親がいつ来るのかよく知っていたにちがいないし、二人の本当の関係を隠して時間を稼ごうとしたと、ホリーは疑っていなかった。ホリーはしぶしぶ〝愛し合うカップル〟の芝居を受け入れた。そして今……。

それももうおしまいにしなければならない。

「認めるんだ。それほど悪くなかっただろう?」ルイスのささやきが耳に温かかった。彼はホリーを自分のほうに振り向かせた。日光がその顔をハニーゴールドに染め、前にはなかったそばかすを浮かびあがらせている。ホリーには健康的なセクシーさがあった。髪はつややかで、目は輝いている。豊かな唇はキスを待ち受けるように開いている。ルイスは彼女の胸に指先を走らせ、ドレスの襟元をたどって谷間へとすべらせていった。胸は前よりずっと大きくなっている。ルイスは、同じ部屋で寝泊まりするようになってから、毎夜その胸に顔をうずめていたのでよく知っていた。彼はホリーの官能的な裸の体を思い出しただけで欲望が暴れ出すのを感じた。

ホリーはルイスに抵抗するのをやめた。二人の間には何も残っていないふりをするのもやめた。そこにはまだ熱いものがふつふつとたぎっていることを、彼女はついに認めた。何もかもがこんなにうまくいったのは、ホリーが迷いを捨てたからだとルイスは思った。それには、この島に来ることと母親に会うことが必要だったが、結果が出たのだから過程などもうどうでもいい。

「中に入ろうか」ルイスの低い声に肌を撫《な》でられ、ホリーは身を震わせた。彼女にはその質問をしたルイスの真意がわかっていた。体はもうベッドでのひとときを予感して準備ができている。けれど、ルイスの母が去った今、一時的に棚上げにしておいた疑問が頭をもたげ、答えを求めていた。

二人はこれからどうなるのだろう？　ルイスとベッドに入ったとき、ホリーはそれがどういうことか承知していた。ルイスに対して愛ではなく憎しみを抱いているという仮面を捨てることだとわかっていた。すでになくなりかけていた警戒心が消えたのは、ルイスとその母親との関係を目のあたりにしたせいだった。実際のルイスは愛情と思いやりにあふれる息子なのに、そんな彼を遠ざけ、敵なのだと思い込むことなどとてもできるものではなかった。

ホリーは心の中で肩をすくめ、こう自分にたずねた。つかの間、ルイスの存在を楽しんだってかまわないのではない？　彼に惹《ひ》かれる強い気持ちは、ホリーがそれを否定するのをやめ、彼とベッドをともにしたときから、自分でも抑えきれない強い衝動に変わってしまった。

ホリーはイギリスのことも、決めなければいけないいろいろなことも忘れた。誘うようなそよ風、すばらしい景色、あたたかく青い海と比べれば、イギリスはまるで別の星のような気がした。ルイスとベッドをともにしながら彼を拒むことなどとてもできない。ホリーは、ルイスのことだけしか考えられない精神状態に逆戻りした。現実から遠く離れ、邪魔するものは何もなく、ルイスしか存在しない楽園の小さな庭にいて、抵抗することなど無理だった。ルイスの母親の、すべてを受け入れるような温かいほほえみを見れば、この平和をかき乱すようなことはとてもできなかった。

何よりホリーは、愛する母のためならなんでもしようとする、ルイスという男性に抵抗できないと思った。平気で嘘をつくぺてん師の姿が消え、かわりに、もう離れることができない男性が姿を現した。

でも、これからはどうだろう？

イギリスへ戻ろうとしたら、棚上げしておいた疑問がふたたび頭をもたげてくる。なぜなら、何も変わっていないからだ。ルイスは彼女を愛していない。彼は、どれほど求めているか何度も繰り返しても、愛という言葉は一度も口にしない。ルイスの義務にかられたプロポーズを断らざるをえないのは、そんな不愉快な真実があるからだ。

「中に入って何をするの？」ホリーは自分の声ににじらすようなセクシーな響きを聞きつけ、かすかな罪悪感を抱いた。

「家政婦も庭師も、今日の午後は休みをとってもらった」

「どうして？」

「この二週間、プールのそばの木立の陰で、輝かしいほどの体をさらすきみを見たいと、思い続けてきたからだ」

「詩人みたいなことを言うのね」しかしホリーは息が止まるような気がして、トルコ石がついた金色のチェーンのネックレスを手でいじった。これはルイスの母がくれたものだ。その日、ルイスの母はこう打ち明けた。ホリーと会うことに疑問を抱いていたが、会ってすぐにそんな疑問は消し飛んだ、なぜなら息子がどれほど彼女を愛しているかよくわかったからだ、と。母親ならそれがわかるものだと、ルイスの母は言った。

ホリーはネックレスを受け取って首にかけながら、ルイスは彼女を愛していない、愛していれば捨てたりしない、正体がばれたとたん関係を断ち切ろうとするはずがない、と言いたくなるのを抑えた。プロポーズをしたのは、妊娠した彼女がオフィスに押しかけたからだ、とも言わなかったし、愛を感じている男なら、ほかにどうしようもないというだけの理由でプロポーズなどしない、とも言わなかった。

「きみのせいで内なる詩人が目覚めたのかもしれない」ルイスは笑ったが、その笑いには驚きが含まれていた。ばかげた理由だが、あながち嘘でもないかもしれないと気づいたかのような。「妊娠した恋人を持つ男は、ときとして自分の中の詩人に気づくものだ」

このままセックスになだれ込んで、せっかくの幻想を台なしにしてほしくないとホリーは思った。けれど、ルイスが彼女のサンドレスの細いストラップに指をかけて肩からすべり落としたとき、ホリーの理性は吹き飛んでしまった。

「まわりを気にする必要はない。さっきも言ったとおり、二人きりだ。こんなことをしても、見ている者は誰もいない……」ルイスはサンドレスをウエストまで引き下ろした。「ああ、きみはなんて美しいんだ」ルイスはかすれた声でうめいた。腹部のふくらみは、これまで見たこともないほど魅惑的でエロティックだった。

いつもは庭師が忙しく立ち働く家の敷地は、静まりかえっていた。鳥や虫のたてる音がかすかなメロディとなって聞こえる。遠くの潮騒《しおさい》は子守歌のようだ。両手で胸を包むと、ルイスの高まりはこわばりを増した。ホリーは目を閉じて、小さく息を吸い込んだ。

「妊娠してから胸が敏感になったようだ」ルイスは親指で先端を転がし、先を急ごうとする思いを抑えた。「でも、きみの胸が敏感なのは以前から変わらない。ここを転がすと、首筋の脈が乱れるのがわかる……じゃあ、口に含んだらどうだろう……」

「おしゃべりはやめて」ルイスのセクシーな言葉を

聞いていると、ホリーは全身から力が抜けていくようだった。

「行動派の男が好みということか。よかった。ぼくは行動する男だから」

「こんなところではだめよ。私道だし……誰か来るかもしれない」

「誰も来ない。もし誰かが来て愛し合っているところを見られたって、それがどうだというんだ？　相手はさっさと逃げ出すさ。だが、きみが落ち着かないというならプールに行こう。あとでひと泳ぎするのにぴったりだ。暑い日に運動したあとの体を冷やすのは気持ちのいいものだ」

「それほど暑くないわ……」ホリーは今の体型にもすっかり慣れた。以前はおなかが出ているのや胸が大きくなっているのが気になったが、ルイスの視線や、腹部を撫でながら新たな命の奇跡を喜ぶ彼の様子を感じていると……。ホリーは顔を赤らめ、笑いながら、ルイスに手を引っぱられて玄関を離れ、わきをまわって家の裏へと歩いていった。そこには、縁取りがなく、海と無限につながって見えるインフィニティプールが青く輝いていた。

プールの周囲には、色彩豊かな花の絡みついた柱が立っている。ルイスはその柱にもたれ、ホリーにほほえみかけた。

ホリーはまばたきして思った。ルイスのようにすばらしい男性はこれまで見たことがない。三週間、太陽のもとにいたせいで、彼の肌はつややかな金色に変わった。

「母のことは大事に思っているが、付き添い役としては効果的すぎる」ルイスはゆっくりとシャツのボタンをはずしながら、ホリーの目に止めようのない欲望の炎が燃えあがるのを見て、原始からの男の満足感を覚えた。「好きなとき、好きな場所で恋人を奪えないのなら、人里離れた場所に家を持っている意味がないだろう」

「ずいぶん野蛮な言い方ね」そう言いながらもホリーは、好きなときに好きな場所で愛し合う自分たちを想像して、胸が苦しいほどどときめいていた。

「きみといっしょにいるとぼくは野蛮人になる。それのどこが悪い？　野蛮人だから、きみが服を着ているのが気に入らない。それを脱いだら、周囲に誰もいないとき、野蛮人がどんなことをするか教えてやろう」

10

ルイスはもう結婚の話はしないことにした。彼は言葉にならないシグナルを読み取るのがうまく、ホリーは気持ちを変えないと感じ取っていた。ホリーが思いつく結婚しない理由について彼がすべて解決策を出したにもかかわらず、彼女は頑として気持ちを変えようとしない。

ホリーが彼の母親とたちまち仲よくなり、カップルとして数日を過ごすという心からの望みに応えてくれたのも意外だった。ホリーがまだ彼を求めているのはわかっていたが、こんなにもやすやすとベッドをともにできたのはうれしい驚きだった。この数週間で、結婚するしかないというルイスの思いは、ますます揺るぎないものとなった。

ルイスはそのことがうれしかった。だがその気持ちとは裏腹に、結婚の話題を出すことは最初にプロポーズしたときよりずっとむずかしくなってしまった。あのころは、ホリーがイエスと言うだろうと思って軽い気持ちで申し込んだ。食事にでも行かないかと言うのと同じだった。今、彼はその話題を慎重に避けている。そして、びくついている自分に気づいて動揺した。あまり強引すぎると、ホリーが逃げ出すのではと思ってしまう。いつから彼は何かにおびえるような男になってしまったのだろう？

ホリーはゆっくりとサンドレスを脱いだ。ルイスは、みずみずしく豊かな妊婦の体が現れるのを見て、いつもと同じように欲望がかきたてられるのを感じた。自分の男らしさを示す証拠を目にすると、いつも気持ちが高まってしまう。ルイスは少しふくらんだ彼女のおなかが好きだった。何時間でも手を置いていたいほどだ。気がつくと未来のことを考えてしまう。子どもはどんな顔をしているだろうか。どんな性格だろうか。実際、これほど想像をたくましくしたことは一度もない。もちろんルイスは誰にもそんなことを認めようとはしないだろうが。

ホリーはじっとルイスを見つめたまま近づいた。ルイスは柱にもたれたまま彼女をそっと引き寄せた。その体が腕の中におさまると、ルイスは顔を近づけて、いつ終わるともしれない長いキスをした。さらにキスを続けながらホリーがシャツのボタンをはずせるように体を起こすと、小さな手が胸に触れるのがわかった。その指先が茶色の胸の先端に円を描き、彼をそばへと引き寄せた。

「おなかが目だつようになったね」

「気になる？」

「気になるどころか、気に入っている」ルイスはそのふくらみの上に手を置き、下へとすべらせて、腿の間の柔らかなヘアに触れた。それに合わせるかのようにホリーは脚を少しだけ開き、その手が目的の場所に達するのを手助けした。ルイスがひだの中に指を二本すべり込ませ、最も感じやすい部分をそっと撫《な》で始めたとき、ホリーはうめき声をあげて体を弓なりにそらした。彼女の体に喜びのさざ波が押し寄せてきた。

「こんなことをしていたらきみの体によくないんじゃないかと心配だ」ルイスがそうつぶやいたので、ホリーは待ち受ける歓喜にすべてをゆだねるのを踏みとどまって、答えた。

「ばかなことを言わないで」ルイスが残りの服を脱いだのは記憶になかったが、彼ももう裸だった。ホリーはたくましい高まりを手の中におさめ、もてあそんだ。やがてルイスも彼女と同じく、自分を抑えきれなくなった。

プールわきの木陰に、贅沢《ぜいたく》そのものの天蓋つきの大きなベッドがあり、二人はもつれるようにしてそのベッドに倒れ込んだ。

ホリーは肌に触れる外の空気が天国のようだと思った。ヨークシャーにいたときは、のどかな風景の広がる夏の日でも、外で愛し合ったことはなかった。今はこれがとても自然に思える。

横たわったベッドには、毎朝、洗ったばかりのビーチタオルとたくさんのクッションが置かれる。ルイスが彼女の体をくまなく探り始めたので、ホリーは喜びのため息をもらした。

同じやり方でルイスを喜ばせようと思ったホリーは、途中で彼を止めようとした。けれど、やさしく、しかしきっぱりとクッションに押し戻され、結局は彼の手にすべてをゆだねることにした。

胸の先端を吸われるうちに、ホリーは耐えきれなくなり、ルイスを中に迎え入れたい衝動を抑えきれなくなった。ルイスはじらすように離れたかと思うと、すぐに愛撫《あいぶ》に戻り、ふくらんだ胸のつぼみを舌で転がした。

「好きなだけ声をあげていいんだよ」ルイスがそう言うのが聞こえた。実際ホリーは、ルイスの愛撫が、熱く脈打つ胸から離れ、もっと下のほうへ、脚の間のなめらかな部分に向かうのを感じると、うめき声のテンポが速くなるのを抑えることができなかった。ルイスの舌が彼女に触れ、中に入ってきたとき、ホリーは身もだえして応えた。もう腿の間で動く彼の頭は目に入らなかったが、腰をつかむたくましい手と、まだ満たされない部分に惜しみなく愛撫を加える彼の体の動きはよく見えた。

ホリーは手でぎゅっとビーチタオルを握りしめ、うめき声をあげて目を閉じた。飢えた唇にむさぼられ、味わわれる感覚を楽しむために、腰を突きあげる。彼女はもうすっかり濡《ぬ》れて、抑えのきかない道ゆきをさらに先へと駆りたてる、なめらかな舌の音を聞いていた。ホリーは、もう引き返せない地点へといよいよ達しそうだった。

ルイスに中に入ってきてほしかったが、歓喜の瞬間を止めることはできなかった。ホリーは彼の舌の愛撫で絶頂に達し、体をベッドから浮かして声を大きくあげた。喜びの波が次から次へと襲いかかり、彼女を運び去っていく。ようやく現実に戻ったとき、ルイスがこちらのほうを見てほほえんでいた。

「だめよ」戒めるように言う。「中に入ってきてほしかったのに……」

「わかっていたよ」ルイスはけだるげに答えた。「今度はそうするつもりだ。まだ丸一日ある。急ぐ必要はない」そして寝返りを打って横向きになると、彼女の胸の先の感触を指で楽しみ始めた。

もしこの瞬間をとらえて永遠に瓶の中に閉じ込めておけるならそうしたい、とホリーは思った。話し合わなければならないことがあるのはわかっている。

いつイギリスに戻るのか。この夢の国を離れて現実に戻ったら、二人はどうなるのか。ホリーはできるだけそんなむずかしい問いかけはあとまわしにしておきたいと思ったが、ルイスに口火を切らせたら、話し合いの主導権を失ってしまうような気がした。

でも、こうしてルイスと裸で並び、好きなおもちゃで遊ぶ子どものように胸をもてあそばれているのは、いい気分だった。

「このまま寝てしまうつもりかい？」ルイスがからかうように言ったので、ホリーは眠そうに目を開け、ほほえんだ。

「リラックスしているだけよ」

「二人で話し合うことがある。それはわかっているだろう？」

「ええ」

「家の中に入って、冷たい飲み物とスナックをとってくるよ。ここで待っていてくれ」

「今のわたしが動けると思う？」

「それもそうだ。ぼくの囚《とら》われ人だな。気に入ったよ」ルイスはベッドから出た。そのままプールに飛び込んで、深みを泳ぐ日に焼けた体を、ホリーは見守った。ずっと見ていると目を離せなくなってしまいそうだ。

やがてルイスは軽やかな身のこなしでプールから出て、プールサイドのテーブルからタオルを一枚とって肩越しに振り返り、きみが見ているのを肌で感じたよ、とホリーに呼びかけた。その声は笑っているようだった。

ルイスが行ってしまうと、ホリーはベッドに寝そべり、これからの話し合いのことを不安げに考えた。ルイスは将来をどう考えているのだろう？　ルイスの母親がいなくなったから、もう結婚を話し合う必要はない。母親がいたとき、ルイスはその話題をたくみに避け、なんとなくほのめかすだけで、たしかなことは何も言わなかった。

ホリーはため息をつき、ゆっくりと目を閉じた。あたたかなそよ風に吹かれていると、さっきまでの満足感とけだるさが戻ってきた。そのとき、ルイスの携帯電話がしつこく鳴り出した。

ホリーはなんのためらいもなく彼のシャツに手を伸ばした。そのまま目を開けもせず、寝そべったまま電話に出たが、相手はしゃべらない。息づかいが聞こえるだけだ。ホリーは電話を切った。シャツのポケットに戻す間もなく、今度はメールが届いた。

ホリーは起きあがった。心臓の鼓動が速くなる。そこに女性の名前を見て、満ち足りたけだるさは吹き飛んでしまった。クララ。さっき電話の向こうで黙っていたのは彼女にちがいない。クララって誰？島の人？ルイスは一日のほとんどを工事現場で過ごす。何度かルイスの母を入れて三人でランチに出かけたけれど、たいていルイスは一日じゅう一人だ。クララというのは古い知り合いだろうか？それとも仕事仲間？

さらに気になるのは、二人の関係が行き止まりなのはクララが原因なのかどうかということだ。ルイスはホリーを愛していないから、あちこちで誘惑にさらされるはずだ。

遅ればせながら、ホリーはそのとき気づいた。もし今の電話をかけてきたのが仕事の関係者なら、無言の電話のあとでメールを送ったりせずに、電話に出たホリーに話しかけてくるはずだ。

ホリーはメールを読みたくてたまらなかったが、読むつもりはなかった。プライバシーの侵害になるし、その内容を本当に知りたいかどうか自分でもわからなかったからだ。

ルイスがトレイにクッキーとチーズ、そしてルイスの母が昨日二人のために作っておいてくれたレモネードのジャグをのせて戻ってきたとき、ホリーはすっかり警戒心にとらわれていた。

もう素肌に太陽のぬくもりを感じるのが気分がいいとは思えず、ホリーは脱ぎ捨てた服に手を伸ばした。

「きみは服を着ていないほうがすてきだ」ルイスはホリーの隣に座り、サンドレスのストラップを引っぱったが、彼女は体がこわばるのを感じた。

「何も着ないでまじめな話し合いをするのは変な気がするわ」

「だったら軽い話だけにしておこう」

「そんなことは無理よ。お母さまがいなくなったから、もういいのよ……お芝居をしなくても……」

ルイスの動きがぴたりと止まった。彼はずっと気分が高揚していた。さっきはホリーに最高のクライマックスを与えられたし、今日はこれから同じことを何通りものちがった方法で試そうと楽しみにしていた。今日ばかりはロンドンのにぎやかさが恋しくなかった。ところがほんの二十分ほどで何かが変わった。ルイスは変化などいらないと思った。彼は結婚の話を持ち出すつもりだった。もうホリーも抵抗しないだろうと自信があった。今の二人の関係は最高だ。きっとホリーも彼の意見に同意してくれるはずだ。だが、彼女はわざと視線を合わせないようにしている……。

「ホリー、言いたいことがあるなら言ってくれ」ルイスはシャツを手にとってはおったが、ボタンは留めなかった。次はショートパンツだ。ルイスは、心配することなど何もないと自分に言い聞かせたが、その体からは緊張感がにじみ出ていた。

「言いたいことって？」

「急に機嫌が悪くなった原因さ」

「日常生活に戻ったときに二人の関係をどうするのか、そろそろ話し合わなければいけないと思うの。お母さまをがっかりさせるのは残念だけれど、時間をかければだいじょうぶだと思うわ」

ホリーはクララの外見を想像した。そして疑心暗鬼に陥らないようにした。心の一部では、電話に出たことも、名前を見てしまったことも忘れてしまいたいと強く願っていた。

「二人の関係……」ルイスは腹部に一撃をくらったようだった。息をすることさえむずかしかった。

「ずっとあとまわしにしてきたけれど、話さないわけにはいかないわ。たとえば、いつここを発《た》つのかとか。早いほうがいいと思うの。もう荷造りをしてもいいぐらいだわ」逃げ出さなければいけないとホリーは思った。呼吸が荒くなっているのがわかる。ルイスに見つめられるのが耐えられなかった。彼女は身のまわりのものをつかんで、家の中に入り始めた。

「いったいどういうことだ?」ルイスはこの事態が信じられなかった。「まちがっていたら教えてほしいんだが、ぼくらはうまくいっていると思っていたよ」ホリーのあとを追いかけながら、ルイスは口調を落ち着かせようとした。「それともきみはずっと母のために演技をしていたのか? やめないでとささやき甘い声で言ったのも芝居だったのか? それともあれは別れの記念だったのか?」ルイスはホリーを自分のほうへ引き寄せたかった。気がつくと手が震えていた。

ホリーは、窓辺に置きっぱなしだったヘアブラシをひったくるようにとると、ルイスのほうを向いた。「演技なんかじゃないわ!」ホリーは怒りにまかせて答えた。「この二週間は本当に楽しかった。それに……それに別れの記念なんて考えもしなかった。ただ話をしようと言っただけ。この話をしたがっていたのはあなたのほうでしょう」

「たしかにきみと話したかった。だが、まさかこんなことを話すようになるとは思っていなかった!」

ルイスは叫びたかった。どうしてこんな仕打ちをするんだ、と。

ホリーは言葉につまって彼を見つめていたが、階段のほうに向かった。いつか荷造りをして出ていかなければならないのは、最初からわかっていたことだ。なのに、なぜ家のあちこちに持ちものを置いてしまったのだろう？　自分の居場所にしたいと思う無意識の衝動にしたがってしまったのだろうか？

「じゃあ、何を話そうと思っていたの？」ホリーは強い口調できいた。

「ぼくは……」ルイスは首を振り、つかの間、目をそらした。

ためらうようなその口調を聞いて、ホリーは、彼を見るのが危険だとわかっていても、振り向かずにいられなかった。「なんなの？」

「結婚しないのは大きなまちがいだ」ルイスは荒っぽく言った。「ぼくたちならうまくやっていける。この数週間でそれがわかったと思っている」そして小声で毒づいた。徐々に仲直りしようと考えていたのではないか？　ホリーが驚いて逃げ出さないように、ゆっくり説得するはずだったのではないのか？

ホリーはさっきの電話のことを思い出した。そのことを考えると、目の奥がみじめな涙で痛くなった。

「これはあなたのお母さまのためのただのお芝居よ。たしかに、わたしたちはベッドをともにした――二人の間に残っているものがあるのは否定しない。でも、前にも言ったけれど、それだけでは足りないのよ」

「二人でいっしょにいて楽しかったじゃないか。ぼくは楽しかった、きみといっしょにいるのが」

ホリーは神経を集中させなければ、ルイスの言葉が耳に入ってこなかった。身がまえているのか、彼の声はそっけなかった。けれど、ホリーは疲れきっていて、いつもと同じ議論を繰り返すつもりにはなれなかった。

「あなたはいつかわたしに飽きるわ」ぶっきらぼうに言うと、ホリーは疲れた体を引きずって寝室に向かった。あちこちで私物を集めてベッドの上にぶちまけるつもりだった。その前に、ホリーはしぶしぶルイスのほうを見た。「あなたが飽きたら、わたしたちはどうなるの？　あなたはきっと誰かほかの人を好きになるでしょうね」

「きみは幸せだったはずだ。目を見ればわかる。いっしょにいれば幸せになれる。ぼくにはわかっている」

「しばらくの間はそうかもしれない。でも、その先は？　今でさえ、わたしはあなたのことを信用していないのに！」

「それはどういう意味だ？」

「わたしが知らないところで何をしているかわからないって意味よ」ホリーは腕組みした。爪が腕に食い込むのがわかる。いらだった神経をしずめようとして、ホリーは広いワードローブの下にあるスーツケースを引き出した。

「いったいなぜ、そんなことを言うんだ？」

「あなたに電話がかかってきたからよ！」

「きみが何を言っているのかわからない。なんの話だ？」

「女の人が電話をかけてきて、そのあとメールも送ってきたわ。携帯電話を見ればわかることよ。名前はクララ。あなたは、電話に出たわたしと話そうともしないような女と連絡をとっている。なのに、どうやってあなたを信用しろというの？」

ホリーは自分の声がヒステリックになっているのがわかり、もっと冷静になりたいと思った。だが神経が高ぶっているのと、認めたくはないけれど、嫉妬のせいでできなかった。ルイスはシャツのポケットから携帯電話を取り出して開き、メールを読んだ。

彼の顔に罪悪感が浮かぶのを見るのかと思うと、ホリーは耐えられなかった。

「わたしたちはカップルじゃないわ。だから、あなたが……あなたが誰と何をしようとかまわない。でも、わたしに向かって幸せについて話したりするのはやめて。わたしたちの間に何か特別なものがあるみたいに信じ込ませないで」

「きみはぼくのことを何も信じていないんだな」ルイスが静かに言い、無言のままホリーを見つめた。

「わかった。きみの勝ちだ。今夜には出発しよう。ロンドンに戻ったら、弁護士に言って、今後の書類を作らせよう」

ホリーが自分を信じてくれないなら、取り戻すことに意味はない。どう闘っても無理だ。それは影と闘うようなもの。めったに感じることのない感情が胸に渦巻き、ルイスは耐えがたい痛みに襲われた。ふいに進むべき道を見失ってしまったようだった。

ホリーは歩み去っていくルイスを見つめた。そのどこかうなだれた様子を目にして……ホリーはパニックに陥った。これでついに終わった。求めていたものが手に入った。ルイスは彼女の人生から姿を消し、子どもと会うときにだけ現れるだろう。ルイスを突き放すことに、彼女は成功したのだ。

だが玄関のドアがばたんと閉まる音がして、二人の間が最悪の形で終わったのをホリーは思い知った。愛してはくれない男に屈してはいけないという心の声に、耳を傾けるのはもううんざりだった。

ルイスには、謎の女性とこっそりつき合うような時間やエネルギーがあっただろうか？　常識で考えればノーだ。ホリーと関係を持っている間は、ほかの女性と寝たりしない。ルイスはそんな人ではない。何より、母親といっしょのときの彼を見れば、信用できる男性だとすぐにわかった。

ホリーは自分に考える暇を与えなかった。ルイスは車で出かけたのだろうと思ったが、車はまだ外の日陰にある。急いでプールに行ってみると、水面は波立っておらず、誰もいない。あきらめかけたとき、ルイスの姿が見えた。家の裏手のベランダで籐《とう》椅子に座っている。前に身を乗り出し、身動きもせずに床を見つめている。その姿は……傷ついているように見えた。

「ルイス……ごめんなさい」

ホリーはおずおずと近づいた。彼がこちらを見ようともしないので、ホリーは最後のチャンスも失ってしまったのかと思った。もしそうだとしたら、どうしよう。傷心、プライド、幻滅……。どれもルイスのいない人生のさびしさと比べたら、どうでもいいようなことばかりだ。ホリーは深く息を吸い込んだ。

「もうわたしたちは終わりかもしれないけれど、あやまるわ。あなたのことは信用しているのに、つらかったの。わたしが妊娠しなければ二人が元に戻ることはなかったと思うと。あなたのことは本当に愛していたし、あなたが去ったときはその愛よりも苦々しさのほうが大きいと思い込んだ。でも、そうじゃなかった。そうであってほしいと強く願ったけれど。あなたにも、わたしと同じぐらい強い思いを抱いてほしいという理由で、結婚するのはいやだったの」

ホリーは膝から力が抜けそうになった。ルイスはこちらを見ている。ホリーは椅子を引き出して座った。

「あなたに愛されたい。でも、もしそれが無理でも、あなたなしでは生きられないから、喜んで結婚するわ。この二週間半で、わたしはそのことに気づいたの。もし手遅れなら、もしあなたがプロポーズを取り消すつもりなら、それはそれでかまわない。あなたを責めたりはしない」

沈黙はいつまでも続くように思えた。ようやくルイスが口を開いた。「クララ・モーガンがきみと話さなかったのは、ぼくが話すなと頼んだからだ」

ルイスは携帯電話を取り出して操作し、ホリーに土地の画像をいくつか見せた。地平線が見渡せる広い土地だ。ホリーはそれがいったいなんなのかわからなかった。

「きみを驚かせたかった。ここに着いてからずっとこのことに取り組んでいたんだ」

「このことって？」

「クララ・モーガンは不動産仲介業者だ。きみの声を聞いたときはあせったと思う。まだ若くて仕事を始めたばかりだし、この件はぼくだけにしか話すなと強めに釘《くぎ》を刺してしまったから。ロンドンのすぐそばにある、きみだけの土地だ。そこにきみに好きな家を建ててもらうつもりだった。それから動物の保護施設も。きみのものだが、ぼくとしては何よりも二人の家を建てたいと思っていた」

ルイスがこちらを見てやさしくほほえんだので、ホリーは息が止まりそうになった。

「ぼくはばかだった。きみに嘘《うそ》をついていたんだ」

ルイスはホリーの手をとり、じっと見つめながら撫でた。「ぼくはこれまで感情が理性を上まわらないようにしてきた。苦い経験から教訓を学んだと思い込んでいたからだ。人生にはコントロールできないこともあるし、誰かと恋に落ちることもあると気づかなかったんだ」

「恋に落ちる？」

「ぼくは、金や権力や影響力とは関係ない、ただの男としてぼくを愛してくれた人に恋をしたのに、それに気づかない愚か者だった。結婚できるのは財産を持つ女性だけと思い込んで、人生で最高の女性を捨ててしまった。ぼくの感情を左右する女性を近づけたくなかったんだ。もう手遅れだったとも知らずに」

「ルイス……わたしを愛してくれているのね」

「さっききみに背を向けられたとき、世界が崩壊したような気がした。その気持ちを伝えたくてたまらなかったが、あんなに親密に過ごしたのにきみが信用できないというなら、この先も信用されることはないだろうと思った。でも、きみのことを本当に愛しているんだ。きみの人生に足を踏み入れたときのぼくは、壊れた人間だった……それをきみは元に戻してくれた。なのに、それを認めようともしない愚か者だった。まちがった考えにしがみついて、どうしようもない過ちを犯したんだ」

ホリーは涙がこみあげるのを感じた。彼女はルイスの膝に座り、心臓の鼓動が感じられる場所に片手を押し当てた。「まちがったのはあなただけじゃないわ。その家を二人で作りましょう」

「ぼくらのために。この子を、そしてこれから生まれるほかの子どもたちみんなを育てる家だ。これからの人生をきみを幸せにすることに捧《ささ》げるよ。きみがそうさせてくれるなら……」

「そうさせる?」ホリーはふいに笑い出した。「わたしが邪魔をするわけがないわ」

ハーレクイン®

ハーレクイン・ロマンス　2014年3月刊（R-2948）

何も知らない愛人

2025年3月5日発行

著　　者　キャシー・ウィリアムズ
訳　　者　仁嶋いずる（にしま　いずる）
発 行 人　鈴木幸辰
発 行 所　株式会社ハーパーコリンズ・ジャパン
東京都千代田区大手町 1-5-1
電話 04-2951-2000（注文）
0570-008091（読者サービス係）
印刷・製本　大日本印刷株式会社
東京都新宿区市谷加賀町 1-1-1

ISBN978-4-596-72313-0 C0297

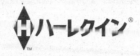

ハーレクイン・シリーズ 3月5日刊 発売中

ハーレクイン・ロマンス

愛の激しさを知る

二人の富豪と結婚した無垢 〈独身富豪の独占愛Ⅰ〉	ケイトリン・クルーズ／児玉みずうみ 訳	R-3949
大富豪は華麗なる花嫁泥棒 《純潔のシンデレラ》	ロレイン・ホール／雪美月志音 訳	R-3950
ボスの愛人候補 《伝説の名作選》	ミランダ・リー／加納三由季 訳	R-3951
何も知らない愛人 《伝説の名作選》	キャシー・ウィリアムズ／仁嶋いずる 訳	R-3952

ハーレクイン・イマージュ

ピュアな思いに満たされる

捨てられた娘の愛の望み	エイミー・ラッタン／堺谷ますみ 訳	I-2841
ハートブレイカー 《至福の名作選》	シャーロット・ラム／長沢由美 訳	I-2842

ハーレクイン・マスターピース

世界に愛された作家たち
～永久不滅の銘作コレクション～

紳士で悪魔な大富豪 《キャロル・モーティマー・コレクション》	キャロル・モーティマー／三木たか子 訳	MP-113

ハーレクイン・ヒストリカル・スペシャル

華やかなりし時代へ誘う

子爵と出自を知らぬ花嫁	キャサリン・ティンリー／さとう史緒 訳	PHS-346
伯爵との一夜	ルイーズ・アレン／古沢絵里 訳	PHS-347

ハーレクイン・プレゼンツ作家シリーズ別冊

魅惑のテーマが光る
極上セレクション

鏡の家 《ハーレクイン・ロマンス・タイムマシン》	イヴォンヌ・ウィタル／宮崎　彩 訳	PB-404

※予告なく発売日・刊行タイトルが変更になる場合がございます。ご了承ください。